ASTROLÓGICA

MIMI McCOY

SCHOLASTIC INC.

New York Toronto London Auckland
Sydney Mexico City New Delhi Hong Kong

Gracias a mi hermana Elyse, por
sus conocimientos de la secundaria;
a Catherine y Greg
por sus valiosas sugerencias;
y a James Presnell
por su asesoría deportiva.

Originally published in English as *Star-Crossed*

Translated by Sandra Rubio

ISBN 978-0-545-27413-5

12 11 10 9 8 7 6 5 4 3 2 1   11 12 13 14 15 16/0

Printed in the U.S.A.   40

First Spanish printing, January 2011

⋆ *Capítulo uno* ⋆

El timbre del tercer período resonó en los pasillos de la Escuela Intermedia McKinley anunciando el final del día. Un segundo después, las puertas de los salones se abrieron de par en par y los alumnos, hablando y riendo, llenaron los pasillos.

Abby Waterman estaba abriendo su casillero cuando su mejor amiga, Chelsea Rinaldi, se acercó con una sonrisa traviesa.

—Conozco esa mirada —dijo Abby, moviendo enérgicamente su largo pelo rubio—. Acabas de ver a Nathan otra vez.

—Me estuvo buscando por tres o cuatro segundos —dijo Chelsea, y sus labios dibujaron una sonrisa de oreja a oreja que marcaba sus hoyuelos—. ¡Ya es la tercera vez hoy!

—Debe ser amor verdadero —bromeó Abby.

Nathan Butcher estaba en séptimo grado, y a Chelsea le había gustado casi desde el comienzo del curso escolar.

—Oye, ¿puedes venir conmigo un momento? —dijo Chelsea—. Tengo que ver una cosa.

—¿Ahora? —preguntó Abby, guardando sus libros en el casillero—. Tengo entrenamiento de atletismo.

—Es solo un segundo —insistió Chelsea—. Eres mi mejor amiga, te necesito.

—Está bien, supongo que tengo un poco de tiempo —dijo Abby sonriendo.

A veces Abby no podía creer la suerte que tenía de que su mejor amiga fuera Chelsea. Cuando empezó sexto grado, no conocía a un alma. Su familia se acababa de mudar a la ciudad, y aunque a ella normalmente le gustaba lo nuevo, el primer día de clases había sido aterrador. McKinley era una escuela mucho más grande que su escuela anterior, y la mayoría de los alumnos parecían conocerse de antes. Llegó a pensar que nunca sería amiga de nadie, y mucho menos de alguien tan bonita y popular como Chelsea.

Pero dio la casualidad de que su casillero estaba al lado del de Chelsea, quien no tardó en convertirse en su guía y protectora. Chelsea sabía muy bien cómo funcionaban las cosas en la escuela porque tenía una hermana mayor que había estudiado allí. Sabía qué mesas eran las mejores de la cafetería, qué maestros te iban a creer si decías que tu computadora se había tragado tus tareas y qué ponerte para lucir bien pero sin parecer que te importara. Abby aún se acordaba del conjunto de Chelsea el primer día de clases: pantalones negros estilo Capri, una camiseta a rayas sin mangas y una linda diadema roja en su pelo castaño. Era un conjunto juvenil e informal que no hacía alarde de estar a la última moda. Abby llegó con pantalones anchos, una camiseta normal y corriente y su par de tenis Converse. Desde entonces, y gracias a Chelsea, había actualizado su guardarropa: aún calzaba sus tenis, pero los combinaba con *jeans* y camisetas de moda.

—¿Adónde vamos? —preguntó Abby mientras caminaban por el pasillo.

—A la biblioteca —dijo Chelsea.

—¿A la biblioteca? ¡No me extraña que me necesitaras! —bromeó Abby.

Chelsea no era precisamente la mejor estudiante. Le gustaban más los chicos y los chismes que estudiar.

La biblioteca estaba vacía y silenciosa. La

bibliotecaria, que era la única persona a la vista, estaba organizando libros detrás del mostrador. Chelsea pasó por delante de ella y se dirigió al final de la sala, a la zona de las computadoras.

—¿Qué buscas? —preguntó Abby mientras se sentaban frente a dos monitores.

—Mi horóscopo —respondió Chelsea—. No tuve tiempo de mirarlo esta mañana. Iba a llegar tarde a la escuela y mi mamá no dejó de apurarme.

—¿Tu horóscopo? —dijo Abby sorprendida—. ¿Crees en esas cosas?

—Por supuesto.

Chelsea escribió una dirección de Internet, y un segundo después apareció un sitio en la pantalla. El fondo era de un azul intenso lleno de estrellas y lunas doradas. En la parte superior había un mensaje en letras brillantes: ¡DOÑA ASTRID TE TRAE LAS ESTRELLAS!. Chelsea apretó un icono con la forma de la cabecita de un carnero.

—No puedo mirar —dijo, tapándose los ojos—. Léelo tú, por favor.

Abby no sabía a qué venía tanto teatro, pero se inclinó hacia la pantalla y leyó.

—Aries, del 21 de marzo al 20 de abril. Hoy debes concentrarte mentalmente. Si tienes cosas atrasadas, ahora es el momento de poner manos a la obra y terminarlas.

—¿Eso es todo? —Chelsea se quitó las manos de los ojos y leyó—. Vaya horóscopo.

—¿Y qué creías que iba a decir? —preguntó Abby.

—Esperaba que dijera algo sobre Nathan. ¡Después de nuestro encuentro en el pasillo, pensé que hoy era el día indicado! Pero todo lo que dice es que tengo que hacer mi tarea de matemáticas esta noche.

—¿Y de dónde sacas esa conclusión? —preguntó Abby, leyendo de nuevo el horóscopo.

—Estoy atrasada en matemáticas —explicó Chelsea—. Llevo tres veces seguidas sin entregar mi tarea.

—Ay, ay, ay —dijo Abby. Una de las grandes diferencias entre ellas era que Abby siempre entregaba sus tareas—. Entonces, tienes que ponerte al día. Pero yo en tu caso no me preocuparía por el horóscopo. He oído que todo es mentira.

—¡No es mentira! —exclamó Chelsea abriendo mucho los ojos—. Te juro que mi horóscopo no me falla casi nunca. Por ejemplo, ayer decía que iba a tener problemas con alguien de autoridad. ¡Y anoche mamá se enojó conmigo por no haber limpiado mi cuarto!

—Ajá... —Abby no tenía intención de quitarle a su mejor amiga la ilusión, pero no era un argumento muy convincente. El cuarto de Chelsea era un basurero, y la Sra. Rinaldi siempre le estaba diciendo que lo limpiara—. Bueno, ¿y qué dice mi horóscopo?

—Tu cumpleaños es el quince de octubre, así que... veamos. Eres Libra.

Chelsea movió el cursor hasta que encontró el icono con la forma de una balanza medieval. Pulsó y el horóscopo de Abby apareció en la pantalla.

LIBRA (DEL 23 DE SEPTIEMBRE AL 22 DE OCTUBRE)
HOY PUEDES ENCONTRAR UN CAUDAL INESPERADO DE RIQUEZA. SIN EMBARGO, ES MEJOR QUE NO HAGAS CASO DEL ANTIGUO DICHO "LO QUE POR AGUA VIENE, POR AGUA SE VA". GUARDA ESA RIQUEZA RECIÉN ENCONTRADA PARA CUANDO REALMENTE LA NECESITES.

—¡Conque un caudal inesperado de riqueza! —dijo Abby, riéndose—. Eso demuestra que no es más que un puñado de mentiras. Me parece que me queda un dólar en el monedero.

—El día no ha acabado todavía —dijo Chelsea con aire misterioso.

—Sí, claro —dijo Abby—. En fin. ¿Qué quisiste decir con eso de que pensabas que hoy era el día indicado? ¿Indicado para qué?

—Sabes que el Baile de Primavera es el viernes que viene, ¿verdad? —dijo Chelsea.

Abby asintió. En la escuela solo se hacían dos bailes al año (el de otoño y el de primavera), así que eran bastante importantes. Abby ya había oído a algunas chicas hablar de lo que se iban a poner.

—He decidido pedirle a Nathan que sea mi pareja —dijo Chelsea—. Pero se lo quiero pedir el día indicado, para que me diga que sí.

—Un momento, un momento. ¿Tú le vas a pedir a Nathan que sea tu pareja de baile?

Abby se quedó atónita. Chelsea solía hablar de los chicos que le gustaban, pero no hablaba con ellos. ¡Y mucho menos les pedía que salieran con ella!

—¿No te has enterado? —dijo Chelsea—. Este año las chicas tienen que invitar a los chicos.

—Sí, pero… —Abby había oído que las chicas tenían que pedirle a los chicos que fueran su pareja, pero no se había dado cuenta hasta ahora de que debía hacerlo ella también—. Supongo que pensé que todos iríamos en grupo, como hicimos en el otoño.

En octubre, Abby, Chelsea y un grupo de chicas de sexto se habían preparado juntas para el Baile de Otoño y la habían pasado fenomenal.

El baile fue un éxito total, y Abby quería que la experiencia se repitiera.

—El Baile de Otoño es informal, pero el de primavera es de gala —dijo Chelsea moviendo la cabeza—. Y debes tener una pareja para ir a un baile de gala. Todo el mundo lo sabe.

—Ah.

Abby no tenía ni idea. Venía de una escuela pequeña y privada donde no celebraban bailes. Aunque llevaba el mismo tiempo que Chelsea en la Escuela Intermedia McKinley, Abby aún se sentía como la chica nueva de la clase.

—¿Entonces no has pensado todavía a quién vas a invitar? —preguntó Chelsea.

Abby negó con la cabeza. Aún estaba tratando de hacerse a la idea de que tenía que pedirle a un chico que saliera con ella. Ni siquiera había llegado a la parte de elegir a alguien.

—Bueno, no te preocupes. Se lo puedes pedir a uno de los amigos de Nathan, ¡y así podemos ir juntos! —dijo Chelsea.

—¿Uno de los amigos de Nathan? Pero son todos de séptimo —protestó Abby—. No conozco a ningún chico de séptimo.

—No importa. ¡Ay, mira! —Chelsea volcó de nuevo su atención en la página de Internet y señaló un enlace en la parte de abajo—. Dice que pueden envíar tu horóscopo del día a tu teléfono celular o a tu correo electrónico. ¡Debe ser nuevo! ¿Quieres que te inscriba, Abby?

—Sí, claro —dijo Abby sin prestar atención, pero salió de su ensimismamiento cuando sonó el timbre que anunciaba el final del día—. ¡Madre mía! —dijo levantándose de un salto—. ¡Voy a llegar tarde a mi entrenamiento!

—Llámame luego —dijo Chelsea sin dejar de mirar la pantalla.

—Está bien —dijo Abby y salió corriendo de la sala.

Abby empezó a correr sobre la pista del campo de atletismo, que estaba detrás de la escuela. Cerró los puños y empezó a respirar a un ritmo constante.

A Abby siempre le había encantado correr. En su antigua escuela pasaba los recreos organizando carreras en el patio. Cuando llegó a McKinley, la alegró mucho que hubiera un equipo de atletismo que entrenaba a diario y organizaba competencias con frecuencia.

Su especialidad eran las carreras de velocidad, pero siempre empezaban el entrenamiento con una carrera de fondo de dos kilómetros y medio

—seis y media vueltas a la pista— como calentamiento. La mayoría de los alumnos corrían en grupos de dos o de tres para poder hablar. Pero ese día Abby decidió correr sola. Para ella, correr era la oportunidad ideal para pensar.

Aún no podía creer que Chelsea fuera a invitar a Nathan al baile. Abby no sabía siquiera si los dos habían hablado alguna vez, y lanzarse miraditas en el pasillo no contaba. En su opinión, Chelsea no tenía idea de cómo era él.

Pero eso no era lo único que le preocupaba. Estaba pensando en los chicos en general, que era el tema preferido de Chelsea. De hecho, ese era el tema preferido de la mayoría de las alumnas de McKinley. Las chicas de la clase de Abby siempre estaban hablando de cuáles chicos eran los más guapos, quiénes les gustaban y con cuáles les gustaría salir. Jugaban por horas a predecir con quién se iban a casar y dónde vivirían. Abby incluso había ido a una fiesta en la que las chicas aprendían a besar besando el dorso de la mano. Había sentido tanta vergüenza que fingió que se había quedado dormida.

A Abby le gustaba hablar de chicos de vez en cuando (algunos de los chicos de McKinley le parecían guapos), pero no a todas horas. Sus amigas de la escuela anterior no eran así. Abby no estaba segura de si era algo típico de McKinley o si era lo que le pasaba a todas las chicas al llegar a la escuela intermedia.

De cualquier forma, extrañaba la escuela primaria, en la que los chicos y las chicas podían andar juntos sin tener que hablar todo el día de besar a tal o a cuál o con quién les gustaría salir. Pero jamás se le ocurriría decírselo a Chelsea porque su amiga le diría que era una inmadura.

Cuando Abby empezaba su sexta vuelta a la pista empezó a respirar más tranquila.

"Puede que todo este asunto del baile se venga abajo —pensó—. Puede que Chelsea cambie mañana de opinión. Así iremos todos juntos al baile y lo pasaremos genial, como la otra vez".

Sintiéndose más tranquila y contenta, apuró el paso y terminó el calentamiento a toda velocidad.

—¡Caramba! Guarda un poco de energía para el resto del entrenamiento —dijo el entrenador Nelson cuando Abby pasó volando por su lado.

Abby aminoró el paso y regresó sonriendo. Le quedaba energía de sobra.

—Muy bien, vengan todos acá —dijo el entrenador mientras se acercaba el resto del equipo—. La mayoría de ustedes van a entrenar las salidas con Amber —dijo, mirando a su

11

ayudante—. Pero quiero que todos los miembros de mi equipo de fondo se reúnan en la parte sur de la pista. Hoy vamos a dedicarnos a entrenar relevos.

La primera competencia de la temporada tendría lugar el viernes, por lo que los entrenadores habían preparado las estrategias para la carrera. Abby iba a correr los 100 metros planos y los 400 metros de relevo. Las demás chicas del equipo de Abby eran mayores (Suz y Olu eran alumnas de séptimo y Krista, de octavo) y eran, además, las más rápidas del equipo femenino. A Abby le hacía mucha ilusión correr con ellas, y cuando el entrenador la nombró guía, se sintió muy orgullosa. El guía del equipo era la última persona que llevaba el testigo, y la posición más importante en la carrera. Demostraba que el entrenador realmente tenía fe en ella.

De camino al fondo sur de la pista, Abby se encontró con Suz y Olu.

—Cam y las otras chicas quieren alquilar una limusina —dijo Olu—. ¡Como si yo fuera a pagar por algo así! David dice que, por él, podemos ir caminando. Es un encanto.

David era el novio de Olu. Abby no lo conocía, pero por la forma en la que Olu hablaba de él, parecía ser un buen chico.

—¿A quién vas a invitar al baile, Gacela? —preguntó Suz, y su pelo corto y oscuro se movió con el viento.

Al principio de la temporada de atletismo, Suz y Olu le habían puesto a Abby el apodo "Abby la Gacela" porque era muy rápida. El apodo se convirtió muy pronto en "Gacela".

—No he invitado a nadie todavía —dijo Abby.

—Pues más vale que te des prisa —advirtió Olu—. Los chicos guapos son los primeros en ser invitados. Y no te gustaría acabar con cualquier idiota solo porque esperaste hasta el último momento, ¿verdad?

—¿Van a pasarse el día chismeando o piensan correr un poco? —preguntó el entrenador Nelson. Llevaba su gorra negra de béisbol con la visera baja para proteger los ojos del sol.

—Perdón, entrenador —dijeron las tres en voz baja y apuraron el paso.

Cuando llegaron al final de la pista, Krista ya estaba allí esperando.

—Para ser velocistas son bastante lentas —dijo, y miró a Abby a los ojos.

Por alguna razón, Krista tenía a Abby entre ceja y ceja. Suz decía que era porque Krista había sido la guía el año anterior y no podía soportar que ahora la sustituyera una alumna de sexto.

Pero Abby no lo entendía. El año anterior Krista había batido marcas en los 200 y los 400 metros en la categoría femenina, y había sido la vencedora de salto largo en el campeonato del distrito. Abby no podía competir con esos resultados.

Olu decía que era porque a Krista le preocupaba dejar de ser la estrella. En las carreras cronometradas ni siquiera se había acercado a sus propias marcas. Pero Abby no sabía qué tenía que ver eso con ella. Sin contar los relevos, nunca competían juntas.

La siguiente hora la dedicaron a practicar la entrega del testigo. Era la parte más complicada de los relevos, y la más importante. Una mala entrega podía marcar la diferencia entre ganar o perder la carrera, y que el testigo se cayera al suelo era un auténtico desastre. No había manera de recuperarse de un fallo de tal magnitud.

Cuando acabó el entrenamiento, Abby estaba exhausta, no tanto por la carrera sino por la responsabilidad de entregar y recoger bien el testigo. No quería meter la pata y darle a Krista una razón para que la odiara aun más. Sin embargo, Abby pensaba que lo había hecho bastante bien. Había habido algunos pequeños fallos, pero el testigo no se le había caído ni una sola vez.

Cuando acabó el entrenamiento, Abby agarró su mochila y se dirigió a la entrada de la escuela para esperar a su mamá.

—¿Quieres que te llevemos a casa, Abby? —preguntó Olu, que se dirigía a un auto blanco en el estacionamiento.

—Me vienen a recoger, pero gracias de todas formas —dijo Abby.

Al poco tiempo, el estacionamiento estaba vacío, y Abby era la única que quedaba esperando. No la sorprendía. Su mamá siempre llegaba tarde a todas partes.

Las sombras del atardecer se alargaron, y el viento se volvió cada vez más frío. Abby sacó una sudadera y una gorra de la mochila, y se las puso encima de su ropa deportiva. Para mantenerse calentita, recorrió de un lado a otro el borde del estacionamiento.

De repente, una ráfaga de viento le sacó la gorra de la cabeza.

—¡Oye!—. Abby trató de agarrarla, pero salió volando.

El viento desapareció rápidamente y la gorra aterrizó en un matorral cercano. Abby corrió hasta alcanzar la gorra, que había caído junto a unas bolsas de basura. Al ponerse la gorra se dio cuenta de que algo sobresalía de las ramas.

—¡Ay! ¡Dinero!—. Abby agarró el billete y los ojos casi se le salieron de las órbitas. ¡Era un billete de veinte dólares!

Abby se dio la vuelta esperando ver a alguien corriendo hacia ella para reclamar el dinero, pero no había nadie. Al otro lado de la calle había una mujer que caminaba en sentido contrario mientras paseaba a su perro.

Abby miró el billete de nuevo y de repente se acordó de su horóscopo. ¿No había dicho algo sobre una riqueza inesperada?

—No es más que una coincidencia —se dijo en voz baja. Pero los vellos de los brazos se le pusieron de punta.

El claxon de un auto la sobresaltó. Abby se dio la vuelta y vio un Honda azul. Detrás del volante estaba su mamá, que la saludaba con la mano.

Abby se metió el billete en el bolsillo de la sudadera y corrió hacia el auto.

⋆ *Capítulo dos* ⋆

Al día siguiente, Abby estaba sentada en su clase de matemáticas, con la barbilla apoyada en las manos mientras su maestra, la Srta. Hill, escribía un problema en la pizarra.

—Supongamos que Billy quiere una bici nueva —dijo la Srta. Hill—, así que decide abrir un puesto para vender limonada. Si la bici cuesta cincuenta dólares, y vende cada vaso de limonada a veinticinco centavos, ¿cuántos vasos de limonada tendrá que vender para comprarla?

A Abby se le daban bien las matemáticas, pero no le gustaban los problemas. Siempre omitían demasiados detalles importantes.

—Marcus —dijo la Srta. Hill señalando a un chico enclenque que necesitaba un corte de pelo y estaba enterrado en su silla—, ¿puedes explicarnos cómo se resuelve el problema?

Marcus no cambió de postura mientras estudiaba el problema.

—No se ofenda, Srta. Hill, pero ¿qué chico va a esforzarse tanto por una bici que solo cuesta cincuenta dólares?

Algunos de los chicos soltaron unas risitas, y todos voltearon la cabeza a la vez para ver la reacción de la Srta. Hill. Marcus Gruber siempre andaba metiéndose en líos por sus comentarios de sabelotodo o por sus bromas estúpidas, como la vez que eructó el himno nacional enterito en una de las asambleas de la escuela. Muchos de los chicos de sexto pensaban que Marcus era de lo más chistoso. La mayoría, sin embargo, pensaba que era un pesado.

—Es una observación muy interesante, Marcus. —Por lo visto, la Srta. Hill no tenía ganas de pelear—. Sin embargo, ¿cómo vas a saber cuánto esfuerzo requiere si no resuelves el problema?

Marcus se encogió de hombros y se hundió aun más en la silla. Abby levantó la mano.

—¿Sí, Abby? —dijo la Srta. Hill.

—Creo que Marcus tiene razón —dijo Abby.

Todos, incluso Marcus, se dieron la vuelta

para mirar a Abby. Hasta la Srta. Hill parecía sorprendida.

—¿Cómo? —dijo—. ¿A qué te refieres?

Abby sabía que lo que estaba a punto de decir podría causarle problemas. Pero lo cierto es que el comentario de Marcus había dado en el clavo. En su opinión, los problemas de matemáticas daban muy pocos detalles.

—No sé si alguna vez ha abierto un puesto de limonada, Srta. Hill, pero no es una buena forma de ganar dinero. Billy tendría que vender limonada durante todo el verano, y de todas formas no podría comprar una bici muy buena.

—Ya veo —dijo la Srta. Hill—. Entonces, ¿quieres decir que Billy necesita encontrar una manera mejor de ganar dinero?

Abby asintió.

—¡Lo que debería hacer es pedirles el dinero a sus padres! —dijo un chico.

—Bueno, en ese caso Billy sería un chico mimado y nos quedaríamos sin problema por resolver, ¿no es así? —dijo la Srta. Hill frunciendo el ceño, y entonces señaló a Abby, que había vuelto a levantar la mano—. ¿Sí, Abby?

—A lo mejor Billy podría ganar *parte* del dinero vendiendo limonada —sugirió Abby—. Y cuando sus padres vieran que se lo estaba tomando en serio, lo ayudarían con parte del dinero. Es lo que estamos haciendo con el equipo de atletismo. Todos queremos que nos pongan una pista nueva de goma en la que es más fácil correr, pero la escuela no quiere pagar. Así que hemos organizado una venta de dulces para recaudar dinero, y esperamos que la escuela contribuya.

Todos los alumnos miraban a Abby, y la Srta. Hill tenía una expresión extraña en la cara. Abby se preguntaba si se habría pasado. Se alegraba de que Chelsea no estuviera en su clase. Chelsea le habría dicho que era una sabelotodo insoportable.

—Así que... por favor, pase por allí el lunes y compre un dulce —agregó Abby rápidamente.

El timbre sonó antes de que la Srta. Hill pudiera contestar. La clase retumbó con el ruido de los libros cerrándose y el chirriar de los pupitres.

—La tarea para mañana está en la página veintiuno del libro —dijo la Srta. Hill por encima del bullicio—. Y Abby, ¿podrías quedarte un minuto, por favor?

Abby sintió revoltura en el estómago. La Srta. Hill nunca le había pedido que se quedara después de clase.

"Debería haber mantenido mi bocaza cerrada", pensó.

Mientras los chicos salían del salón, Abby se acercó nerviosa a la mesa de la maestra. La Srta. Hill se había apoyado en ella, y daba vueltas a la tiza que tenía entre los dedos. Tenía el rostro más bien alargado y las cejas pobladas, lo que le daba un aspecto de seriedad.

—Supongo que los datos del problema estaban pasados de moda —dijo la Srta. Hill sonriendo.

Abby no estaba segura de si debía estar de acuerdo, así que decidió callar.

La Srta. Hill dejó la tiza en la mesa y se sacudió el polvo de las manos.

—Ya sabes que se acercan las elecciones para los cargos estudiantiles del año que viene. ¿Has pensado en presentarte?

—¿Qué? —Abby la miraba atónita. No era la conversación que esperaba—. ¿Quiere decir que debería presentarme para presidente?

—Creo que deberías presentarte para el cargo de tesorera —dijo la Srta. Hill—. Pero, por supuesto, puedes presentarte al cargo que quieras.

—No sé... —dijo Abby—. ¿Qué tendría que hacer?

—En McKinley no están permitidas las campañas electorales —explicó la Srta. Hill—. Se elige a los candidatos según sus discursos exclusivamente. Así que todo lo que tienes que hacer es inscribirte y, claro está, dar un buen discurso para obtener la victoria. Yo soy una de las consejeras de la Asamblea de Alumnos —agregó la Srta. Hill—. Creo que serías una buena representante de la clase. Trabajas mucho, siempre tienes ideas interesantes y no te da miedo expresar tu opinión. Todas esas son características propias de un buen líder. Pienso que sería una buena experiencia para ti.

—Está bien —dijo Abby—. Lo pensaré.

—Muy bien —dijo la Srta. Hill—. Pero no esperes demasiado. Hoy es el último día para inscribirse, y la asamblea en la que deberás dar tu discurso es la semana que viene.

Abby pensó que la semana siguiente era demasiado pronto, pero le dio las gracias a la maestra de todos modos.

—Nos vemos mañana, Abby —dijo la Srta. Hill.

Abby recogió sus libros y se dirigió a la puerta. Se sentía igual que cuando soprepasaba una marca personal en alguna carrera.

Mientras iba a su casillero pensó si debía

presentarse o no. Le gustaba la idea de probar algo nuevo, pero entre el atletismo y las tareas ya tenía suficiente. Y le habría gustado tener más tiempo para pensarlo porque no le gustaba tomar decisiones a la carrera.

Al abrir el casillero se dio cuenta de que brillaba la luz de su teléfono celular. Lo abrió y vio un mensaje de texto:

TU HORÓSCOPO DIARIO, POR DOÑA ASTRID
LIBRA: PUEDE QUE HOY TENGAS EN TUS MANOS UNA OPORTUNIDAD FABULOSA. ¡NO LO PIENSES! SERÍAS PERFECTA PARA EL TRABAJO.

Abby se quedó mirando la pantalla. ¿De dónde había salido el mensaje? Entonces se acordó: Chelsea la había inscrito para recibir el horóscopo diario por mensaje de texto.

Volvió a leer el mensaje, sin poder creer lo que veían sus ojos. Era la respuesta a la pregunta que se había estado haciendo segundos antes.

"Quizá esto de los horóscopos sea más serio de lo que creía", pensó, y poco después interpretó el mensaje como una señal y decidió prensentarse para tesorera.

De camino a la cafetería pasó por la oficina de la escuela y se apuntó en la lista de candidatos a tesorero de séptimo grado.

Cuando llegó a la cafetería vio a Chelsea sentada con sus amigas Sara y Toshi. Al acercarse, oyó que Sara decía: "No sé, creo que es muy raro".

—¡Hola! ¿Dónde te habías metido? —dijo Chelsea mientras Abby depositaba su almuerzo en la mesa y se sentaba en una silla vacía.

—¿A que no sabes qué? —dijo Abby sin poder ocultar una sonrisa—. Me voy a presentar a tesorera de la clase.

—¿De verdad? —dijo Chelsea—. ¿Desde cuándo?

—Desde ahora mismo —dijo Abby sacando el almuerzo de la bolsa—. Después de la clase de matemáticas, la Srta. Hill me dijo que debería presentarme. Así que lo pensé... ¡y me apunté!

—¿Pueden hacer eso las maestras? —preguntó Sara con cara de preocupación—. Ya sabes, obligarte a presentarte.

—No me ha obligado —dijo Abby—. Solo me dijo que pensaba que sería una buena candidata.

—Esa es nuestra Abby, la favorita —dijo Chelsea dándole golpecitos a Abby en la cabeza, como si estuviera acariciando a un gato.

—No soy la favorita de nadie —protestó Abby—. De todas formas, ¿qué tiene de malo presentarse al cargo de tesorera de la clase?

—No tiene nada de malo. Solo estoy sorprendida, eso es todo —dijo Chelsea. Pero el tono de su voz indicaba que era algo que ella no haría nunca.

De repente, Abby sintió una punzada de incertidumbre. No sabía si estaba mal visto presentarse a tesorera. Quizá hubiera sido mejor haberlo consultado antes con Chelsea.

—¿Quién más se presenta? —preguntó Toshi mordisqueando una papa frita.

—Tyson Storey —dijo Abby—. Y Jennifer Peters, creo.

—Jennifer Peters huele a naftalina —dijo Toshi—. Seguro que le ganas. Pero Tyson es guapísimo.

Abby la miró, dolida.

—¿Quieres decir que votarías por Tyson en vez de por mí solo porque es guapo?

—¡No! —dijo Toshi, pestañeando inocentemente—. Claro que votaría por ti. Solo digo que seguramente el resto de las chicas votará por él.

—Todas votaremos por ti —dijo Chelsea, pasando el brazo por el hombro de Abby—. Y le diremos a todo el mundo que haga lo mismo.

—Gracias —dijo Abby con una sonrisa de agradecimiento. Agarró su sándwich y le dio una mordida.

—Hablando de guapos —dijo Chelsea, y miró a Toshi—, creo que Dan es perfecto para ti.

—¿De qué están hablando, chicas? —preguntó Abby con la boca llena.

—Del baile —contestó Toshi—. Ya hemos decidido todas con quién vamos a ir.

—¿Todas? —dijo Abby. Así que Chelsea no había olvidado el baile. Y las otras chicas también iban a pedirles a los chicos que las acompañaran.

—Todas menos Sara, aquí presente —dijo Toshi, dándole un golpecito en el hombro.

—Lo que pasa es que me parece muy raro que sean las chicas las que inviten a los chicos —dijo Sara—. Son ellos los que nos tienen que invitar.

—Ay, tontina —dijo Toshi alzando las manos—. Bienvenida al siglo veintiuno. Las chicas ya no se quedan en casa esperando a que las llamen. Y además, se supone que las chicas son las que tienen que invitar en esta ocasión. Aunque un chico quisiera invitarte, no podría.

—¿A quién vas a invitar entonces, Abby? —preguntó Sara, volteándose hacia ella.

—No estoy segura todavía —dijo, y sintió que se ruborizaba.

—Pues no te duermas en los laureles —dijo

Toshi—. O te quedarás sin chicos guapos.

"¿Es que me he perdido un memo o algo parecido? —se preguntó Abby—. Es exactamente lo mismo que me dijo Olu ayer".

—¿Qué te parece Josh Carter? —sugirió Sara.

—¿O Kevin Brown? —dijo Toshi.

—¿Ethan Kim?

—¿Derek Kolowski?

—Pues —dijo Abby. ¿Cómo iba a ser capaz de tomar una decisión?

—Ya sé —dijo Chelsea de repente—. Abby tiene que invitar a Matt Anderson.

Todas las chicas se voltearon a mirar la mesa de alumnos de séptimo en la que se sentaba Matt Anderson. Matt pertenecía al equipo de baloncesto, y todo el mundo pensaba que era muy simpático. El pelo rubio y largo le caía por los ojos y siempre llevaba pantalones cortos, por mucho frío que hiciera.

—¿Matt? —dijo Abby, con los ojos de par en par, asustada—. No puedo decirle a él.

—Pues claro que sí. Los dos son rubios y lucirán adorables juntos. Y además es amigo de Nathan, así que podemos ir las dos parejas juntas. ¡Es perfecto! —exclamó Chelsea.

—Matt es una opción de ensueño —dijo Toshi suspirando.

—¡Es de séptimo! —dijo Abby.

—Es mejor ir con uno de séptimo —explicó Chelsea, que era la experta—. Los alumnos de sexto son unos inmaduros.

Antes de que Abby pudiera responder, se oyó un grito en la mesa de al lado. Un grupo de alumnos de sexto estaba mirando algo.

—¿Qué pasa? —preguntó Sara estirando el cuello.

Un chico del grupo miró a Abby y sus amigas.

—¡Vean esto! —dijo—. Marcus Gruber está intentando averiguar cuántos ositos de goma se puede meter en la boca a la vez.

Las chicas se levantaron para verlo. Marcus estaba de pie al final de la mesa, metiéndose ositos de goma en la boca lo más rápidamente posible.

—Dieciocho, diecinueve, veinte... —decía alguien.

—¡Vamos, vamos, vamos! —coreaban los chicos.

Al llegar al osito número veintinueve, Marcus se detuvo. Las mejillas parecían a punto de explotarle. De las comisuras de los labios le salía una baba multicolor que le caía a gotas en la camiseta a rayas.

—Se va a ahogar —dijo Abby.

—Va a vomitar —dijo Chelsea.

Todos contuvieron la respiración. Finalmente, Marcus se metió un dedo en la boca y sacó varios ositos de goma. Un segundo después, la enorme masa pegajosa se le salió de la boca y aterrizó en la mesa.

—¡Qué asco! —exclamó alguien.

Marcus se rió y se limpió con el dorso de la mano.

—¡Cuidado! —exclamó alguien—. ¡Viene Jenkins!

Los chicos corrieron a sus mesas respectivas mientras la Srta. Jenkins, la encargada de la cafetería, se acercaba a grandes pasos con sus zapatos chirriando en el suelo recién encerado. La Srta. Jenkins tenía el andar de un toro y más o menos el mismo sentido del humor.

—¿Qué está pasando aquí? —preguntó bruscamente, pero entonces descubrió la masa gelatinosa de ositos de goma. Dio un grito ahogado y entrecerró los ojos—. ¿Quién es el responsable de esta porquería? —preguntó.

Todos se quedaron callados, fingiendo que estaban totalmente concentrados en su comida. Por el rabillo del ojo, Abby vio que Marcus se alejaba con las manos en los bolsillos.

—Como iba diciendo —dijo Chelsea agarrando su soda—, los chicos de sexto son unos inmaduros.

Esa misma tarde, Abby estaba de rodillas en frente de su casillero, guardando sus tareas en la mochila, cuando Chelsea se acercó dando saltitos.

—¡Lo hice! —dijo Chelsea.

—¿Hiciste qué? ¡Ay! —dijo y se frotó la cabeza al darse un golpe con la puerta del casillero—. ¿Qué hiciste? —repitió con los ojos llorosos.

—¡Le pedí a Nathan que fuera conmigo al baile!—. Chelsea estaba tan contenta que parecía que iba a explotar.

—¿En serio? —A Abby se le olvidó el dolor de cabeza—. ¿Y te dijo que sí?

—¡Pues claro que dijo que sí! —dijo Chelsea abrazando a Abby—. ¡Lo vamos a pasar tan bien! ¡Nathan y yo y tú y Matt!

—Ah, esto...

Abby lo había estado pensado durante las clases de la tarde, y había decidido que era un poco raro invitar a Matt Anderson al baile.

Después de todo, ni siquiera habían hablado nunca. ¿Cómo iba a pedirle que fuera al baile con ella? Se sentía mal solo de pensarlo.

—¿Qué? —La sonrisa de Chelsea se desvaneció—. Lo vas a invitar, ¿verdad? Hoy dijiste en la cafetería que lo ibas a invitar.

—La verdad es que... —Ella no había dicho tal cosa—. Aún lo estoy pensando.

—Escúchame, Abby —dijo Chelsea mirándola fijamente a los ojos—. Creo que deberías invitarlo y no solo porque todos lo pasaríamos muy bien juntos. También tienes que tener en cuenta tu reputación.

—¿Qué quieres decir? —preguntó Abby.

—Te vas a presentar para tesorera, ¿no? —dijo Chelsea—. Por lo tanto, tienes que crear una buena imagen.

—¿Crees que no tengo una buena imagen? —dijo Abby, algo dolida.

—No me malinterpretes —dijo Chelsea—. Le caes bien a todo el mundo, pero te respetarán todavía más cuando sepan que vas al baile con un chico tan popular como Matt.

Abby lo pensó. Chelsea sabía de estas cosas. Y la verdad, no podía hacerle daño que la vieran con un chico de séptimo tan agradable.

—Puede que tengas razón.

—Pues claro que tengo razón. Entonces, ¿lo vas a invitar? ¿Me lo prometes?

—Está bien —dijo Abby—. Te lo prometo.

⋆ *Capítulo tres* ⋆

La voz del papá de Abby la despertó el jueves por la mañana.

—Abby, cariño, es hora de levantarse.

Abby abrió los ojos y miró el reloj. Las 6:45. Por lo general, la alarma no sonaba hasta las 7:00. Volvió a meter la cabeza bajo las sábanas.

—Levántate, Abby —dijo su papá, sacudiéndola suavemente—. Mi auto no arranca y tengo que llevarme el de tu mamá. Hoy vas a tener que ir a la escuela en autobús.

Abby abrió los ojos de par en par. Miró de nuevo el reloj. Las 6:46.

—¡Papá! —se quejó—. El autobús llega en menos de media hora. Apenas tengo tiempo de prepararme. ¿No puedes llevarme tú de camino al trabajo?

—Lo siento. Tengo una reunión a primera hora y ya voy tarde —dijo mientras salía de la habitación.

—Al menos podías haberme despertado antes —protestó Abby, sacudiendo las sábanas y levantándose de un salto.

Llegó dando tumbos al baño y se miró en el espejo. Tenía los ojos hinchados, las marcas de las sábanas en las mejillas, y su pelo parecía el de la novia de Frankenstein. Ni siquiera tenía tiempo de ducharse. Lavarse y secarse el pelo era impensable.

"¡No lo puedo creer! —pensó Abby—. ¿Cómo puede pasar algo así el día en que debo estar más guapa?"

Perdió nada menos que cuatro minutos tratando de peinarse de manera decente con agua y un peine, hasta que al final decidió llevar el pelo en una cola de caballo. Se cepilló los dientes, se lavó la cara con agua fría y regresó al cuarto para vestirse.

—¿Un vestido? ¿Una falda? ¿*Jeans*? —dijo sacando ropa del armario. Siempre había sido indecisa a la hora de vestirse, pero hoy más que nunca. El comentario de Chelsea sobre la buena imagen todavía resonaba en sus oídos.

Perdió más tiempo buscando su camiseta rosa,

34

hasta que la encontró, revuelta en una pila de ropa sucia y con una mancha a plena vista. Maravilloso. Abby decidió ponerse un suéter verde, *jeans* anchos y un par de lindos zapatos planos.

En la cocina, su mamá estaba inclinada cortando cebolla. La cocina entera olía a cebolla.

—Mamá, ¿por qué tienes que cortar cebolla tan temprano? —dijo Abby, sintiendo que se le aguaban los ojos.

—Tengo una fiesta mañana —dijo su mamá—. Espero que el auto de tu papá funcione para entonces.

La mamá de Abby tenía un negocio de comida a domicilio. Siempre estaba cocinando cosas como canapés de pato y palitos dulces de queso a las horas más extrañas del día.

Abby se tapó la nariz y sacó una barra de cereales de la alacena. Estaba abriéndola cuando se dio cuenta de la hora.

—¡Ay, no! ¡Voy a perder el autobús! —Metió la barra en la mochila, agarró el abrigo y salió corriendo por la puerta—. ¡Adiós, mamá!

Afuera llovía, y Abby deseó haber elegido otra ropa, pero era demasiado tarde para cambiarse. Sus zapatos chapoteaban en los charcos mientras corría hacia la parada. A Abby le gustaba correr, pero no en zapatos planos con una mochila llena de libros y cuadernos.

Llegó patinando a la parada, justo cuando el autobús amarillo estaba a punto de cerrar las puertas. Subió sacudiéndos el agua de su cola de caballo. Cuando el autobús arrancó, tuvo que agarrarse de los asientos para no perder el equilibrio.

Abby odiaba ir en autobús a la escuela. Odiaba el olor rancio, que era aun peor en los días de lluvia, cuando todas las ventanas estaban cerradas y había un puñado de chicos con la ropa apestando a mojado. Nadie que se considerara buena onda iba en el autobús si podía evitarlo. Sus padres o hermanos mayores los llevaban en auto a la escuela. O, si tenían la suerte de vivir cerca, iban caminando.

Abby se abrió camino por el pasillo hasta que encontró dos asientos libres. Se acomodó junto a la ventana, sacó la barra de cereales y el celular y le mandó un mensaje de texto a Chelsea:

ke tal?

Chelsea contestó al cabo de unos segundos:

bien. ¿ansiosa x prgtrle a matt?

Abby se puso nerviosa de nuevo.

"Solo voy a pedirle que venga conmigo a un baile —se dijo—. No es tan importante".

¿dnde stas? (de nuevo Chelsea, un segundo después.)

Abby suspiró y escribió:

bus :(

El autobús se detuvo y Abby levantó la cabeza. Había otra pila de chicos subiendo. Abby vio a Marcus Gruber avanzar por el pasillo y buscar un asiento.

Abby miró por la ventana, evitando mirarlo a los ojos.

"Por favor, no te sientes a mi lado —pensó—. Por favor, no te sientes a mi lado. Por favor, no te sientes a mi lado. Por favor, no te..."

Marcus se sentó a su lado.

—Hola, antipática. Bonito conjunto. ¿Te duchaste vestida esta mañana? —dijo Marcus, y se rió de su propio chiste.

—Muy gracioso —dijo Abby, lanzándole una mirada asesina y volviendo a su teléfono para mandarle a Chelsea un mensaje. Al llegar a "odio el b", Marcus le quitó el teléfono de las manos.

—¡Marcus! —gritó Abby—. ¡Dámelo ahora mismo!

—¡Caramba! —dijo él con una sonrisita al leer el mensaje—. ¿Qué significa la "b", Abby?

¿Baloncesto? ¿Béisbol? ¿Boliche conductor? ¡Oiga, Sr. Lucas, Abby lo odia! —gritó Marcus al conductor del autobús.

El Sr. Lucas miró por el retrovisor y frunció el ceño.

—Cállate, Marcus —dijo Abby—. Dame mi teléfono—. Trató de agarrarlo pero él levantó el brazo, poniéndolo fuera de su alcance.

—Veamos quién está en la agenda de Abby la Cotorra —dijo Marcus, mirando los números del teléfono—. Avery, Amanda, Cyrus... ¡Ajá! ¿Te gusta Cyrus, Abby? Quizá deba decírselo...

—¡No! —gritó Abby con todas sus fuerzas.

Pero Marcus fue demasiado rápido. Se mudó para otro asiento. Cuando Abby lo siguió, su mochila cayó del asiento y los libros, los lápices y los cuadernos rodaron por el suelo mojado del autobús.

—¡Ay, no! —exclamó Abby, y sintió que las mejillas le ardían porque todos los chicos la miraban.

Dudó por un segundo entre ir detrás de Marcus y recoger sus cosas. Con solo mirar a Marcus, que estaba escribiendo en su teléfono, tomó la decisión.

—¡Dámelo!

Abby se abalanzó sobre él. Marcus se inclinó

hacia la ventana, bloqueando a Abby con sus tenis, y siguió escribiendo. Abby trató de tomar su teléfono, pero lo único que consiguió fue huellas mojadas de tenis en el abrigo.

—¡Tú! ¡Vuelve a tu asiento! —gritó el Sr. Lucas. Había visto a Abby por el retrovisor.

—Es que él agarró mi...

—¡SIÉNTATE! —bramó el conductor.

Abby volvió a su asiento y empezó a meter en la mochila sus cosas, que un par de chicos de los asientos cercanos se habían molestado en recoger del suelo. No podía dejar de mirar a Marcus. En un momento de pánico, se dio cuenta de que probablemente estaba enviando mensajes estúpidos a todas sus amigas. ¡O incluso a algunos chicos, diciéndoles lo mucho que le gustaban! Abby sintió ganas de gritar.

—Dame mi teléfono, por favor —dijo Abby a punto de llorar.

—Está bien, está bien —dijo Marcus, lanzándole el teléfono tan de repente que a Abby por poco se le cae al suelo.

—Tienes la coordinación de una chica.

—Imbécil —respondió Abby.

Marcus sonrió. Luego abrió la boca y eructó la primera estrofa entera de "Que llueva, que llueva".

—Eres un asqueroso —dijo Abby.

Lo primero que hizo fue revisar los mensajes enviados para ver lo que Marcus había escrito. Pero el último mensaje era el que ella le había enviado a Chelsea. Revisó todas las llamadas, pero tampoco había nada nuevo. No tenía ni la más remota idea de lo que Marcus había estado haciendo con su teléfono.

Luego, Abby buscó la sección de "borrador" y encontró el mensaje que le iba a enviar a Chelsea antes de que la interrumpieran de forma tan brusca. Cambió algunas letras y lo envió:

¡odio a marcus gruber!

—¿Qué te pasó? —preguntó Chelsea cuando Abby llegó muy molesta a los casilleros veinte minutos después.

—No sé ni por dónde empezar —dijo Abby.

Abrió su casillero y se miró en el espejo de la puerta. El pelo se le estaba secando y las puntas empezaban a abrirse.

—¿Te has quedado atrapada en una estampida? —Chelsea sacó un cepillo de su bolso y se lo dio a Abby—. ¿Eso que veo en tu abrigo es una huella de zapato?

—Marcus me quitó el teléfono —dijo Abby mirando la huella en la manga del abrigo y pasándose el cepillo por el pelo—. Por poco me echan del autobús al tratar de recuperarlo. Por cierto, ¿recibiste por casualidad algún mensaje raro desde mi teléfono esta mañana?—. Abby hizo una mueca cuando el cepillo se quedó atrapado en un nudo de enredos.

—Solo el que decía que odiabas a Marcus, que no es tan raro —dijo Chelsea—. Por cierto, ¿leíste mi mensaje sobre lo de preguntarle a Matt hoy?

—No sé, Chelsea —dijo Abby y volvió a hacerse la cola de caballo—. Ni siquiera tuve tiempo de ducharme esta mañana...

—No puedes esperar más tiempo, Abby, u otra chica lo invitará.

Chelsea sacó un lápiz labial del bolso y se pintó los labios mirándose en el espejo del casillero.

—¿Desde cuándo usas labial? —dijo Abby.

Chelsea apretó los labios, comprobó el resultado en el espejo y aplicó otra capa.

—Lo compré ayer. Es lindo, ¿verdad?

Abby asintió. Era muy lindo, de un color coral nacarado que combinaba a la perfección con el tono bronceado de la piel de Chelsea. De todas formas, Abby no estaba acostumbrada a ver a su amiga con más maquillaje que un simple brillo labial.

—Pruébatelo —dijo Chelsea, y le dio el lápiz a Abby.

Abby dudó medio segundo. Aunque sus papás nunca se lo habían prohibido, sabía que no les gustaría que se pintara los labios para ir a la escuela.

"Pero qué mas da", se dijo. Agarró el lápiz y se pintó los labios.

—¡Te queda genial! —exclamó Chelsea.

Abby se miró. El color anaranjado brillante contrastaba demasiado con su pelo rubio y su tez clara. Parecía otra persona.

—En serio. Estás guapísima. —Chelsea arregló el flequillo de Abby con los dedos—. Mira, ahí está Matt. Deberías preguntarle ahora mismo.

—¿Ahora?

Abby se dio la vuelta y vio a Matt en el pasillo, acercándose a la fuente de agua. De pronto sintió una descarga de nervios en todo el cuerpo.

En ese momento notó que el teléfono vibraba en su bolsillo. Lo sacó y leyó el mensaje:

TU HORÓSCOPO DIARIO, POR DOÑA ASTRID
LIBRA: HOY ES EL DÍA PARA DARLE UNA OPORTUNIDAD A ALGUIEN NUEVO. ¡NUNCA SE SABE! PODRÍA SER EL COMIENZO DE UNA MARAVILLOSA RELACIÓN.

Abby sintió un escalofrío.

—Esto está cada vez más raro —dijo entre

dientes. Le enseñó el mensaje a Chelsea, que soltó grititos de alegría.

—¿Te das cuenta? ¡Es la llamada del destino! ¡Adelante! —dijo Chelsea, dándole un empujón.

Abby caminó lentamente por el pasillo. El corazón le latía tan rápido como si estuviera corriendo a máxima velocidad. Cuando llegó donde estaba Matt, apretó los labios y respiró hondo.

—Hola, Matt.

—Ah, ¿qué tal, Abby? —dijo Matt luego de levantar la cabeza de la fuente y secarse la boca con la manga.

"¡Sabe cómo me llamo! —pensó Abby—. Es un buen comienzo".

—Oye, me preguntaba si... —Dejó de hablar.

Matt la miraba directamente a la boca, frunciendo el ceño.

—Tienes algo —dijo Matt señalándole los dientes.

—¿Qué?

Abby se llevó la mano a la boca. ¿Se le habría quedado un trozo de comida entre los dientes?

—Algo anaranjado —dijo Matt—. Lápiz labial, me parece.

Abby, horrorizada, se pasó la lengua por los dientes.

—¿Ya?

—Es como un manchurrón.

Abby se frotó los dientes con el dedo.

—Casi —dijo Matt—, ya queda solo un poco. Date a la izquierda.

Abby frotó aun más fuerte.

"Por favor, que un cometa aterrice en la escuela y me caiga justo encima", rogó mentalmente.

No apareció ningún cometa, pero unos segundos después sonó el timbre de la escuela.

—Tengo que irme. Nos vemos por ahí, ¿no? —dijo Matt.

Se marchó corriendo por el pasillo con los libros bajo el brazo. Abby se apoyó en la pared y se tapó la cara con las manos.

—¿Cómo te fue? —preguntó Chelsea, que se había acercado corriendo—. ¿Qué te dijo?

—Me dijo que tenía lápiz de labial en los dientes —dijo Abby, mirando a Chelsea entre los dedos.

—Ay, no —Chelsea la miró con una expresión de solidaridad. Sacó un pañuelo de papel del bolso y se lo dio a su amiga—. Así que me imagino que no le pediste ir al baile, ¿no?

—No tuve ocasión —dijo Abby, limpiándose el resto del maquillaje de los dientes y los labios—. Digamos que me distrajo la sensación de humillación total.

—No te preocupes —dijo Chelsea—. Seguro que tienes otra oportunidad.

Abby suspiró. ¿Querría decir eso que tendría que pasar otra vez por lo mismo? Este asunto del baile era mucho más complicado de lo que pensaba.

A pesar de lo que Chelsea le había dicho, Abby no pudo pedirle a Matt que fuera al baile con ella. Más tarde, justo después del sexto período, tuvo el coraje suficiente de acercarse a su casillero, pero vio que estaba hablando con otros chicos de séptimo y siguió caminando. Y después de la escuela tuvo que ir al entrenamiento. No quiso llegar tarde dos días seguidos.

Cuando llegó a casa esa tarde, tenía un mensaje de Chelsea:

tfno de matt: 385-5621. ¡llama esta noche!

Abby guardó el número en la agenda de su teléfono, pero no llamó en ese momento. Primero hizo sus tareas, luego cenó con sus padres y después ayudó a limpiar la cocina, tomándose su tiempo en secar plato por plato.

Al fin, fue a su habitación y cerró la puerta. Sacó el teléfono y volvió a leer el horóscopo del día.

—El comienzo de una maravillosa relación... —dijo. Era una locura. Pero la verdad era que el horóscopo aún no se había equivocado.

45

Respiró hondo y marcó el número de Matt, pero colgó antes de que sonara. Dejó el teléfono en la mesa, con el corazón latiendo a mil y se dijo que tenía que haber una forma más fácil de hacerlo. Tomó el teléfono nuevamente y escribió un mensaje:

kieres ir conmigo al baile? abby w.

Lo leyó de nuevo y pensó que era perfecto. Así evitaría poner a Matt en aprietos. Podía pensarlo y, si decidía que no quería ir, no tendría que decírselo en persona. Podría escribir simplemente "No" o "Lo siento, no puedo" o algo así, y no se armaría ningún drama. Luego, en la escuela, solo tendrían que ignorarse mutuamente y fingir que no había pasado nada.

Abby aguantó la respiración, cerró los ojos y presionó el botón de ENVIAR.

En la pantalla apareció MENSAJE ENVIADO. Abby respiró. Misión cumplida.

—Pues no ha sido tan difícil —dijo.

Se lavó los dientes, se puso el pijama y se fue a la cama, sintiéndose mejor que durante el resto del día. Ahora la pelota estaba en la cancha de Matt. Al día siguiente sabría el resultado del partido.

* *Capítulo cuatro* *

Tan pronto se sentó en el asiento del copiloto del auto de su mamá, Abby se puso a ver, por enésima vez, los mensajes de texto de su teléfono.

—Resulta que lo que le pasaba al auto de tu papá era que se había quedado sin gasolina otra vez —dijo su mamá, manejando por la calle de tres vías de camino a la escuela de Abby—. Te juro que voy a tener que pegarle notitas en la frente a ese hombre para que se acuerde de llenarlo.

—Ajá —dijo Abby, apenas oyendo lo que decía su madre. Tenía el estómago hecho un nudo. No podía creer que Matt aún no hubiera respondido al mensaje.

—Me gustaría que dejaras de jugar con el teléfono, cielo. Ya casi estamos en la escuela, podrás hablar con tus amigos cuando llegues.

—Estaba esperando un mensaje, eso es todo —dijo Abby. De todas formas, guardó el teléfono en el bolsillo.

—¿Sabes qué? Cuando yo tenía tu edad, la gente solía tener conversaciones reales, con palabras y todo eso —dijo su mamá mientras estacionaba el auto frente a la escuela.

—Lo sé —dijo Abby abriendo la puerta—, pero eso fue en la era de los dinosaurios, cuando la gente vivía en cuevas y lo único que hacía era reunirse junto al fuego y hablar.

—¿Los dinosaurios? ¿Qué es lo que te están enseñando en la escuela?

—Cómo vivir en el siglo veintiuno —dijo Abby. Se inclinó y le dio un beso en la mejilla—. Adiós, mami.

—Que tengas un buen día, cariño —dijo su mamá mientras ella bajaba del auto y cerraba la puerta.

Una vez en la escuela, Abby caminó deprisa entre la multitud. Cuando vio a Chelsea en los casilleros, sintió un gran alivio.

—¡No me ha contestado! —exclamó.

—¿Quién no te ha contestado? —preguntó Chelsea.

—¡Matt! Le envié un mensaje pidiéndole ir al baile conmigo, y no me ha contestado.

—A lo mejor no ha visto el mensaje todavía —dijo Chelsea encogiéndose de hombros.

—Se lo mandé anoche. ¡Sabía que era una mala idea! —dijo Abby—. Seguramente se está riendo de mí con todos sus amigos ahora mismo.

—No te vuelvas loca —dijo su amiga, agarrándola por los hombros—. Probablemente quiere darte la respuesta en persona. Estoy segura de que si te lo encuentras en el pasillo te dirá: "Ah, por cierto, recibí tu mensaje. ¡Pues claro que quiero ir al baile contigo!"

—¿De veras? —dijo Abby incrédula.

—Estoy segurísima —dijo Chelsea.

—Está bien —dijo Abby—. ¿Así que solo tengo que acercarme a él y saludarlo?

—Exacto —dijo Chelsea—. Eso es todo.

Abby tomó aliento, enderezó la espalda y se dirigió al casillero de Matt. Pero solo llevaba cuatro pasos cuando Marcus Gruber se puso delante de ella. Estaba sonriendo de tal manera que Abby podía ver su aparato dental hasta las muelas.

Abby trató de esquivarlo, pero Marcus no se lo permitió.

—Así que... pues eso —dijo.

—¿Pues qué? —preguntó Abby.

—Ya *sabes* —dijo Marcus sonriendo.

"Debe de tratarse de una de las bromitas de Marcus", pensó Abby, y se dijo que lo mejor para deshacerse de él era seguirle el juego.

—Ah, eso.

—Entonces, ¿estamos de acuerdo? —dijo Marcus, arqueando las cejas.

—Ya lo creo —dijo Abby.

—Está bien —dijo Marcus sin moverse.

Abby miró por encima del hombro. Veía a Matt en el pasillo, y estaba solo. Era la oportunidad que estaba esperando.

—Con permiso, Marcus —dijo—. Tengo que hablar con alguien.

—Claro, claro —dijo Marcus, dejando pasar a Abby—. ¡Nos vemos!

A Abby le pareció extraño su comportamiento, pero en un segundo se olvidó de él. Tenía asuntos más importantes en los que pensar (o, mejor dicho, un asunto más alto y rubio, llamado Matt, que estaba de repente frente a ella).

—Hola, Matt —dijo Abby.

—Hola, Abby —dijo Matt, echando la cabeza hacia atrás para quitarse el flequillo de los ojos—. ¿Qué tal?

"¿Qué tal? —pensó Abby—. Se supone que eso era lo que yo le iba a decir. ¡Ya te explicaré qué tal están las cosas, Matt Anderson! ¿Cómo te atreves a no contestar mi mensaje de texto?"

Como Abby no respondió, Matt simplemente

asintió, se despidió y se marchó caminando por el pasillo.

Abby lo vio marcharse, sintiendo una mezcla de enojo, confusión y humillación total. ¿Cómo se atrevía a no mencionar el mensaje?

Se quedó allí de pie hasta que sonó el timbre. Luego, cabizbaja, fue corriendo a su clase.

Era ya el cuarto período y Abby aún no había recibido ningún mensaje de Matt, y estaba empezando a preocuparse. La Srta. Hill estaba escribiendo otro problema en la pizarra, pero Abby apenas había oído una palabra de lo que decía. Estaba demasiado inmersa en sus propios problemas.

No sabía si Matt era un idiota o un despistado de remate. Hasta ese día, no se había dado cuenta de que realmente quería ir al baile con él. ¡Y ahora era lo único en lo que pensaba!

Abby sintió que alguien le daba un codazo. Se volvió y vio que la chica que estaba detrás le entregaba una nota que llevaba su nombre. Abby reconoció la letra redonda de Sara.

Miró a la Srta. Hill. La maestra estaba de espaldas, escribiendo en la pizarra. Abby desdobló la nota en su regazo. Decía:

Oye:

¿Qué te pasa? ¿En serio le has pedido a Marcus Gruber que vaya al baile contigo?

Contesta,

Sara

"¿Cómo? —se preguntó Abby—. ¿De dónde sacó Sara una idea tan estúpida?"

¿Estás loca? ¡Claro que no!, contestó. **¿Quién te ha dicho semejante cosa?**

Dobló la nota y se la pasó a la misma chica, quien, a su vez, se la pasó a Sara.

Mientras Abby esperaba la respuesta de Sara, vio la cabeza de Marcus, que estaba sentado delante de ella. Pensó que el encuentro de la mañana con él pudo haber sido un truco. Quizás Marcus quiso que pareciera que estaban hablando para que la gente pensara que ella le pedía ir al baile. Era algo demasiado estúpido, incluso para Marcus. Cuando la gente supiera la verdad, verían lo desesperado que estaba.

Cuando llegó la nota de Sara, Abby casi la rompe por las ganas que tenía de ver qué decía.

Marcus dijo que le enviaste un mensaje de texto. Se lo estaba enseñando a algunos de los chicos de mi clase anterior. ¡Debe habérselo inventado! ¡Seguro que se lo envió a sí mismo! ¡Menudo imbécil!

Abby leyó la nota tres veces, sintiendo que el estómago se le revolvía. Era demasiada coincidencia que a Marcus se le hubiera ocurrido la idea de fingir que ella le había enviado un mensaje, precisamente cuando ella le había enviado un mensaje a Matt.

"¿Es posible que Matt se lo haya enviado a Marcus? —se preguntó—. ¿Pero cómo?"

Por lo que sabía, Matt y Marcus ni siquiera se conocían. Y estaba segura de que no tenían amigos en común.

De cualquier forma, podía probar que no era verdad. Todo lo que tenía que hacer era encontrar el mensaje que le había enviado a Matt. Esperaba que estuviera guardado en su teléfono.

El resto de la clase de matemáticas transcurrió a paso de tortuga. Cuando por fin sonó el timbre, Abby se levantó de un salto, sin esperar a Sara. Salió corriendo a su casillero, sacó el teléfono de la mochila y buscó entre los mensajes hasta que dio con el que le había enviado a Matt.

Lo malo era que no se lo había enviado a Matt. El encabezamiento del mensaje, en letras rojas y grandes, decía:

A: ¡marcus es genial!

¿Marcus es genial? ¿Cómo era posible que su nombre estuviera en su teléfono? Buscó entre los contactos de la agenda. Y, cómo no, MARCUS ES GENIAL estaba justo encima de MATT.

En ese momento, Abby recibió un mensaje nuevo:

TU HORÓSCOPO DIARIO, POR DOÑA ASTRID

LIBRA: NO TE DISTRAIGAS, Y TEN CUIDADO CON LOS MALENTENDIDOS. UN SOLO DETALLE QUE SE TE ESCAPE, POR PEQUEÑO QUE SEA, SE PODRÍA CONVERTIR EN UN AUTÉNTICO DESASTRE.

—A mí me lo vas a decir, Doña Astrid —dijo Abby—. Podrías haberme avisado antes.

—¿Con quién hablas?

—¡Ay! —dijo Abby al ver a Chelsea—. ¡He metido la pata hasta el fondo!

—¿Qué ha pasado?

—Por equivocación, le pedí a Marcus que fuera al baile conmigo.

—¿Que hiciste qué? —dijo Chelsea y empezó a reírse.

—¡No es nada chistoso! El mensaje era para Matt, pero debo haberle dado a la tecla equivocada.

Abby le enseñó el teléfono a su amiga.

Chelsea leyó el mensaje y le devolvió el teléfono rápidamente, como si tuviera gérmenes.

—Bueno, eso explica por qué no te llegó la respuesta de Matt. ¿Pero qué hace el número de

Marcus Gruber en tu agenda?

—Seguro que lo puso ahí cuando me quitó el teléfono en el autobús. ¿Qué voy a hacer ahora?

—¿Cómo que qué vas a hacer? Obviamente, no puedes ir al baile con Marcus. Dile que fue un error. Es culpa suya de todas formas, por quitarte el teléfono.

—¡Es verdad! —exclamó Abby, indignada—. Se lo voy a decir hoy mismo —dijo, y se encogió de hombros—. Seguramente ni siquiera quiere ir al baile.

Pero Abby no tuvo la ocasión de hablar con Marcus durante el resto del día, y cuando terminaron las clases, tenía demasiadas cosas de las que preocuparse. Tenía la primera competencia de atletismo de la temporada y estaba muy nerviosa. Tendría que ocuparse de Marcus más tarde. En este momento, lo más importante era la carrera.

Abby estaba a un lado de la pista de la Escuela Intermedia Eastlake. Se agarró el tobillo con una mano para estirar la pierna. En la pista, un grupo de chicas acababa de empezar la carrera de los 800 metros. En el centro del campo había chicos y chicas compitiendo en salto alto.

Era una tarde bastante fría, y aunque Abby llevaba

una sudadera forrada encima del uniforme de atletismo, tenía las piernas como cubitos de hielo. Dio algunos saltos para mantener la circulación activa. Eso de estar tanto tiempo de pie era algo que no había considerado. Ya había corrido los 100 metros, y había llegado de primera, pero de eso hacía más de media hora. Debía esperar bastante tiempo entre las dos carreras; lo suficiente para enfriarse... y aburrirse.

Cerró los ojos y trató de concentrarse. Se imaginó las manos de Suz pasándole el testigo una y otra vez.

"Igual que el martes", se dijo.

Entonces, notó que alguien le daba un toquecito en el hombro, y abrió los ojos. Olu estaba delante de ella.

—¿Qué haces? —preguntó Olu.

—Solo trato de concentrarme para la carrera —contestó Abby.

—Pues espero que funcione porque nos toca —dijo Olu.

—¿Ya?

¿Qué había pasado? Abby estaba segura de que le quedaba un montón de tiempo. ¡Ni siquiera había terminado el calentamiento! Se agachó para atarse los cordones de los tenis con su nudo de la suerte. Estaba acabando de atar el izquierdo cuando oyó que alguien gritaba su nombre.

Miró a las gradas y allí estaba Marcus Gruber,

levantando el pulgar.

—¡Dales su merecido, Waterman! —gritó.

El Baile de Primavera se le vino a la mente y movió la cabeza, llena de impotencia. Marcus era precisamente lo último en lo que debería estar pensando.

—¡Vamos, Gacela! Date prisa —dijo Suz.

Krista y Olu estaban ya dirigiéndose a la pista a paso ligero. Abby se ató rápidamente el tenis derecho y corrió detrás de ellas.

Las chicas tomaron sus posiciones en las líneas de salida. Abby estaba al lado de una chica de Eastlake, que le sacaba al menos una cabeza de altura. Trató de ignorar a semejante amazona y dirigió la vista directamente a la pista.

El sonido de la pistola de salida le dio a Abby una descarga de adrenalina. Miró a Krista avanzando a toda velocidad, a más de dos pasos del resto de las chicas. Justo antes de que Krista llegara, Olu empezó a correr. Un segundo después, el testigo estaba en manos de Olu, quien avanzaba hacia la posición de Suz con las trenzas rebotando en los hombros. Cuando llegó donde estaba Suz, el testigo pasó de nuevo de mano a mano sin incidentes. ¡Iban en primer lugar!

"Lo conseguimos", pensó Abby.

Cuando Suz estaba a solo unos pasos, Abby

empezó a acelerar, sacando la mano para tomar el testigo. En cuanto sintió que estaba a su alcance, empezó a correr a máxima velocidad. ¡Lo tenían! ¡Iban a ganar! ¡Iban a...

Fue tan rápido que Abby ni se dió cuenta de lo que pasó. En un segundo estaba a punto de alcanzar la meta y al siguiente los pies dejaron de responderle. Cayó al suelo con un estruendo, y el testigo salió despedido de sus manos.

Después de aquello todo pareció ocurrir en cámara lenta: el resto de las atletas pasando por su lado y acelerando hacia la meta, los gritos del público, las caras horrorizadas de sus compañeras de equipo...

Abby intentó ponerse de pie, pero la caída había sido fuerte. La rodilla derecha le ardía, y pensó que seguramente era lo que primero había golpeado el suelo. Entonces, llegó un árbitro y le preguntó si se podía levantar.

Abby asintió, sintiendo el calor de las lágrimas en los ojos. Le dolían las palmas de las manos, con las que había aterrizado. A medida que el árbitro la ayudaba a levantarse, vio que la amazona de la escuela Eastlake llegaba a la meta, levantando los puños al aire en señal de victoria.

Abby llegó cojeando al lado de la pista, donde la esperaban Krista, Olu y Suz. Krista estaba de pie con los brazos cruzados y muy mala cara.

—Gacela, ¿estás bien?

—¿Qué ha pasado?

Suz y Olu revoloteaban alrededor de ella, y no era fácil saber si estaban preocupadas o enojadas. Abby sabía que les había fallado, pero intentaba no demostrarlo.

—Yo sé muy bien lo que ha pasado —dijo Krista fríamente—. No tienen más que echarle un vistazo a los tenis de Abby.

Abby miró sus tenis, y el corazón se le cayó al suelo. El del pie derecho estaba desatado, y los cordones se arrastraban por el suelo como espaguetis.

—Esto es lo que pasa por admitir a una de sexto en nuestro equipo —dijo Krista con aire despectivo—. Es de lo más penoso... ni siquiera sabe atarse los cordones.

Abby miró a Suz y a Olu. Pero esta vez no le dijeron que ignorara a Krista.

—¿Te tropezaste con los cordones de los tenis? —dijo Suz—. ¡Por favor, Abby! ¡A ver si te concentras!

Y, sin más palabras, sus compañeras de equipo se dieron la vuelta y se marcharon.

✶ *Capítulo cinco* ✶

—¡Abby, sal de una vez! —exclamó Chelsea.

—No quiero —respondió Abby desde el probador.

—Tienes que enseñármelo —dijo Chelsea con tono autoritario—. Prometimos que nos enseñaríamos todo siempre.

"Tú lo prometiste", pensó Abby, soltando un suspiro.

Era sábado por la tarde, y las dos amigas habían ido de compras a Evening Rose, una boutique del centro comercial. Chelsea había llamado a la tienda a primera hora para avisarles que querían vestidos de baile.

El plan de Abby había consistido en quedarse en casa en pijama, mirando televisión y lamentándose por la carrera. Pero sus padres la habían convencido de que fuera, diciéndole que debía salir de la casa y divertirse un poco.

Abby no lo estaba pasando nada bien. Chelsea había insistido en el hecho de que Evening Rose era el mejor lugar para encontrar un vestido, pero todo era carísimo. Abby se había sentido fuera de lugar desde que pasó el umbral de la puerta.

—Abby —dijo Chelsea—, estoy esperando.

Abby rechinó los dientes y salió del probador.

—¡Ay! —exclamó Chelsea—. ¡Estás preciosa!

Abby miró el vestido color turquesa que llegaba hasta el suelo. Era la talla más pequeña que tenían, pero la parte de la blusa le quedaba holgada y la de la falda era tan larga que le llegaba a los tobillos. Se sentía como una niña jugando a vestirse como una persona mayor.

—Me veo ridícula —dijo—. Este vestido es demasiado grande.

—Los vestidos siempre se tienen que ajustar. A ver, suéltate el pelo —dijo Chelsea. Le quitó el elástico de la cola de caballo y le arregló el pelo con los dedos—. Mírate.

Abby dio un paso hacia el espejo y se tropezó con el vestido.

—Estupendo —dijo—. Como lleve esto a la fiesta me voy a caer delante de todo el mundo otra vez.

—¿Quieres dejar ese tema de una vez? —dijo Chelsea—. No es más que una carrera.

—¿No es más que una carrera? Chelsea, tropecé con los cordones de mis tenis. ¿Tienes idea de lo estúpida que me siento? ¡El equipo entero perdió por mi culpa!

—Ya se les pasará. Mientras tanto, más vale que tú te olvides del tema porque tenemos que comprar muchas cosas. ¿Qué te parece mi vestido? —dijo Chelsea, dando una vuelta como si fuera una modelo de alta costura. Llevaba un vestido negro de lentejuelas, con tirantes finos y un lazo enorme en la cintura.

—¿No crees que es un poco extravagante? —dijo Abby.

—Es nuestro primer gran baile —respondió Chelsea, dándose la vuelta para mirarse en el espejo de tres lunas—. Tenemos que ir envueltas en glamour.

—¿Glamour? —dijo Abby—. Vamos a un baile en la cafetería de la escuela, no a la entrega de los premios Óscar.

—Ay, qué gruñona estás —dijo Chelsea sin dejar de mirarse en el espejo—. Creo que este vestido es ideal.

—A ella también le sienta muy bien —dijo Abby, señalando al otro lado de los probadores, donde una mujer madura y muy bronceada, con el pelo tieso, se estaba probando el mismo vestido que Chelsea.

—Ay —exclamó Chelsea.

Abby sabía que la había convencido.

—¿Por qué no vamos a Blue Beat? —sugirió Abby, que sabía que era una de las tiendas preferidas de Chelsea—. Seguro que tienen vestidos lindos allá.

—Abby, es la primera buena idea que has tenido en todo el día —dijo Chelsea.

La música pop del momento resonaba en Blue Beat, que estaba llena de alumnos de la escuela intermedia y la preparatoria. Mientras Chelsea echaba un vistazo alrededor, Abby la seguía en silencio y con la mente todavía en la carrera del día anterior.

Krista, Olu y Suz apenas le habían hablado en el autobús de vuelta a la escuela. Hasta el entrenador Nelson parecía estar enojado. Solamente le dijo: "No dejes de atarte los cordones con dos nudos la próxima vez". Pero Abby sabía por su tono de voz que lo había desilusionado.

"Pero la verdad es que siempre los ato con dos nudos", se decía Abby, dándole vueltas al asunto por enésima vez. Sabía que se había distraído, y había pagado el precio. Había pasado lo que le había dicho su horóscopo. ¡Ojalá hubiera prestado más atención!

Pues bien, la próxima vez estaría preparada. A partir de ahora haría todo lo que le dijera el horóscopo. Sacó su celular y leyó de nuevo el mensaje que había recibido esa mañana:

TU HORÓSCOPO DIARIO, POR DOÑA ASTRID

LIBRA: ES POSIBLE QUE HOY TENGAS QUE TOMAR UNA DECISIÓN MUY DIFÍCIL. POR FORTUNA, NO TENDRÁS QUE IR MUY LEJOS PARA ENCONTRAR LA RESPUESTA. SOLO TIENES QUE DEJARTE LLEVAR POR EL CORAZÓN.

A Abby le pareció que el mensaje no presagiaba nada bueno.

"¿Una decisión muy difícil?", se preguntó. Esperaba que no fuera nada más que escoger el vestido para el baile. Después de todo lo que le había pasado en los últimos dos días, no estaba segura de que pudiera aguantar mucho más.

Chelsea se acercó cargando un montón de ropa.

—Me voy a probar todo esto. ¿No has encontrado nada todavía?

Abby miró alrededor. Había estado tan ocupada

con sus pensamientos que había olvidado la razón por la que habían ido a la tienda.

—Tengo que seguir buscando —dijo por fin.

—Date prisa. Nos vemos allá —dijo Chelsa, señalando los probadores.

Abby miró los vestidos sin ganas. Normalmente lo pasaba muy bien yendo de compras con Chelsea, pero hoy tenía la mente en otras cosas.

Cuando estaba a punto de darse por vencida, encontró un vestido al fondo de la tienda. Era del tono de azul que le gustaba, y tenía el escote redondo y una falda a cuadros de cintura baja.

En el probador, Abby descubrió que le quedaba perfecto. El vestido realzaba el color de sus ojos, y la cintura baja le daba un toque divertido y coqueto que le encantaba. Miró el precio y vio que estaba en rebaja. ¡Cincuenta por ciento de descuento!

"¡Vendido! —pensó mientras se miraba en el espejo—. Si esta es la decisión difícil que tengo que tomar, el resto del día va a ser pan comido!"

En ese momento, Chelsea salió de su probador. Llevaba un vestido verde esmeralda con un lindo ribete dorado.

—¡Ah, por fin! —exclamó cuando vio a Abby—. Me preguntaba dónde estabas. ¿Qué te parece?

—Muy bonito —dijo Abby.

—Creo que lo voy a comprar —dijo Chelsea—.
¿Encontraste algo?

—¡Sí! —exclamó Abby, sonriendo y dando
una vueltecita—. Es lindo, ¿verdad?

—¿Para el baile? —dijo Chelsea, encogiendo la
nariz—. Abby, tienes que tomártelo en serio. Ese
vestido está hecho de la misma tela que las
camisetas.

—Ah.

Abby bajó la cabeza. No se había dado cuenta
de la tela. Solo pensaba que el vestido era bonito.

—No te preocupes —dijo Chelsea, malinter-
pretando la expresión de la cara de Abby—. Ya sé
que ir de compras no es lo tuyo, pero como yo ya
he encontrado mi vestido, te puedo ayudar. Verás
que encontraremos algo fabuloso.

Abby se miró de nuevo en el espejo. El vestido
azul le encantaba de veras. Pero Chelsea sabía
de esto. Seguro que juntas encontraban algo
mejor para el baile.

—¿Adónde vamos ahora? —preguntó Chelsea,
balanceando la bolsa de Blue Beat. Dentro llevaba
el vestido verde esmeralda, envuelto en papel de
seda color rosado.

—No sé lo que tú quieres, pero yo me muero
por una limonada granizada —dijo Abby—. Esto

de ir de compras me da mucha sed.

—¡A mí también! —exclamó Chelsea—. Primero, la limonada, y luego a encontrar el vestido ideal para ti.

Cuando casi habían llegado a la zona de restaurantes, Chelsea se detuvo de repente y agarró a Abby del brazo.

—¡No lo puedo creer! —exclamó—. ¡Ahí están Nathan y Matt!

Abby siguió la mirada de su amiga y vio a los dos chicos a punto de entrar en una tienda de equipos electrónicos.

La primera reacción de Abby fue esconderse.

"Relájate —pensó luego—. No son más que chicos".

Además, ya no podían esconderse porque Chelsea los saludaba con la mano como si estuviera haciéndole señas a un helicóptero.

Los chicos miraron, y Nathan saludó con la mano.

—¿Cómo estás, Rinaldi? —gritó.

—Esto es genial —dijo Chelsea, soltando una risita y arrastrando a Abby del brazo—. Hola, chicos —dijo con una sonrisa coqueta cuando se encontraron.

—¿Qué tal? —dijo Matt, quitándose el pelo de los ojos.

—Hola —dijo Abby.

—¿Qué hacen por aquí? —preguntó Chelsea.

—No mucho —dijo Nathan—. Solo íbamos a Electromanía para probar el nuevo juego de Wii.

—¿En serio? —Chelsea estaba tan impresionada como si Nathan hubiera dicho que iba camino a la NASA a pilotar el nuevo cohete espacial—. Llevo un montón de tiempo deseando probarlo.

Abby alzó las cejas y le lanzó una mirada sarcástica que Chelsea ignoró por completo.

—¿Quieren venir con nosotros? —preguntó Nathan.

—La verdad es que íbamos a ir a la tien... ¡ay! —gritó Abby cuando Chelsea le dio un codazo en las costillas.

—Podemos ir más tarde, Abby —dijo Chelsea entre dientes. Miró a Nathan y sonrió de oreja a oreja, mostrando sus hoyuelos—. ¡Claro que sí!

—Me muero de sed —se quejó Abby mientras seguían a los chicos hacia la tienda de equipos electrónicos.

—¿Pero qué te pasa, Abby? —susurró Chelsea—. ¡Es la oportunidad perfecta para pedirle a Matt que vaya al baile contigo!

—Por supuesto —dijo Abby.

Electromanía estaba llena de los clientes típicos de un sábado. Por la cantidad de anuncios amarillos que había por todas partes, Abby dedujo que había rebajas. El nuevo juego de Wii no era más que una carrera de autos. Mientras Nathan agarraba el mando, Chelsea soltó la bolsa en las manos de Abby y se hizo a su lado de un salto, dejando a Abby a solas con Matt.

Abby jugueteó con su pelo, sin saber qué decir.

—¿Te gustan los videojuegos? —dijo por fin.

—Supongo —dijo Matt.

—¿Tienes Wii? —preguntó Abby.

—Sí —dijo Matt, sin apartar los ojos de la pantalla, donde el auto de Nathan saltaba una duna. El auto de Chelsea iba detrás, patinando y salpicando arena con las ruedas.

—Así que, supongo que al equipo de baloncesto le va muy bien esta temporada, ¿no? —dijo Abby—. Tienes que estar contento.

—Sí.

Abby frunció el ceño. ¿Es que no sabía decir otra cosa?

De repente, se oyeron carcajadas. Abby miró justo cuando el auto de Chelsea evitaba chocar con un cáctus.

—Qué mala eres —dijo Nathan.

—¡De eso nada! Voy pisándote los talones —replicó Chelsea.

Abby suspiró. Tenía la impresión de que Nathan y Chelsea se iban a quedar allí por un tiempo.

—Creo que voy a dar una vuelta —le dijo a Matt.

Él asintió de manera casi imperceptible, sin dejar de mirar la pantalla.

Abby salió de la tienda, sin ir a ninguna parte en particular. No le interesaban mucho las tiendas de equipos electrónicos. Le gustaba ver la tele, como a todo el mundo, pero cuando alguien empezaba a hablar de la diferencia entre plasma y LCD, la cabeza le daba vueltas.

Abby caminó por los pasillos hasta que llegó a una tienda que tenía películas en oferta. Se detuvo y echó un vistazo. La mayoría eran películas de acción, pero también había algunas comedias.

Estaba a punto de agarrar una comedia romántica llamada *La lista de besos* cuando alguien más trató de agarrarla.

—Uy, perdón —dijo, mirando hacia arriba—. ¡Marcus!

—¡Abby! —dijo Marcus, retirando la mano tan rápidamente que tiró la película al suelo.

—¿La has visto? —dijo Abby, y recogió la película, sorprendida. Marcus no parecía el tipo de chico al que le gustaran las comedias románticas.

—Sí... bueno, no —añadió Marcus rápidamente—. Lo que quiero decir es que mi hermana la ha visto y puede que viera un poco... ya sabes, de paso. ¿Qué haces aquí?

—Solo estoy dando una vuelta —dijo Abby—. Vine con Chelsea, pero está en la tienda jugando Wii.

—No sabía que a Chelsea le gustaran los videojuegos —dijo Marcus.

—Yo tampoco —dijo Abby con ironía.

—Oye, buena carrera ayer —dijo Marcus.

Abby rechinó los dientes. Debería de haber sabido que Marcus aprovecharía la mínima oportunidad para burlarse de ella.

—¿Qué hacías tú allí? —le dijo bruscamente—. Eastlake está al otro lado de la ciudad.

—Mi papá vive en Eastlake —dijo Marcus—. Fui a su casa después de la escuela y decidí ver la carrera. Oí que fuiste la segunda en los 100 metros.

¿Era esto el principio de otra broma? No iba a dejar que se riera de ella otra vez.

—Sí, fue genial —dijo con resentimiento—. Hasta que me caí de bruces.

—Te vi. Debió doler bastante —dijo Marcus haciendo una mueca de dolor.

Abby no lo podía creer. ¿No iba a burlarse de ella por tropezarse con sus propios cordones?

—Supongo que batí el récord de estupidez en el mundo del deporte —dijo.

Sabía que tenía que olvidarse del tema, pero la autocompasión había empezado a apoderarse de ella y ya no podía parar.

—Eso no es nada —dijo Marcus—. El año pasado, cuando jugaba al fútbol, paré el balón con la cara tantas veces que al entrenador empezó a preocuparle que me fuera a causar daño cerebral.

—¿De verdad? ¿Eras el portero? —dijo Abby sin poder evitar la risa.

—No, es solo que tengo un magnetismo irresistible —dijo Marcus—. Deberías ver lo que pasa cuando juego a los bolos.

Abby se imaginó a Marcus con una bola en la cara y empezó a reírse a carcajadas.

—¿Estás tratando de hacer que me sienta mejor? —preguntó.

—No lo sé —dijo Marcus, encogiéndose de hombros—. ¿Qué llevas en la bolsa?

—Es de Chelsea —dijo Abby. De repente, se acordó de la razón por la que habían venido al centro comercial y dejó de reír. Tenía que decirle a Marcus que le había pedido ir al baile por accidente. Y ahora era un buen momento, aunque se sintiera algo nerviosa—. Oye, esto... ¿recuerdas que me quitaste el teléfono en el autobús el otro día? —preguntó.

—Sí —Marcus parecía arrepentido—. ¿Todavía estás enojada? Porque pensé...

—Marcus —irrumpió una chica alta de pelo castaño que se acercaba a ellos—. Estamos listos para marcharnos. ¿Has terminado? Ah, hola —dijo al ver a Abby.

La chica tenía la misma forma del rostro y las mismas pecas de Marcus, pero era mayor que él. Tendría unos quince o dieciséis años y su sonrisa era afable y generosa.

—Preséntame a tu amiga —dijo, dándole a Marcus un suave codazo.

—Abby, esta es mi hermana Trish —dijo Marcus—. Trish, esta es Abby.

—¿Tú eres Abby? ¿La *famosa* Abby? ¿La chica con la que Marcus va a ir al baile?

—Pues... —dijo Abby.

—Cállate, Trish. No es nada del otro mundo —dijo Marcus enojado.

—¿Nada del otro mundo? No te dejes engañar —le dijo Trish a Abby, pasando el brazo por los hombros de su hermano, medio abrazándolo, medio ahogándolo—. Está completamente emocionado. Deberías haberlo visto la noche que se lo preguntaste. Claro que, al principio, no quería decirme quién había sido. Tuve que colgarlo de los tobillos para que confesara.

—¡Trish! —gritó Marcus, tratando de deshacerse de ella. Hasta las orejas se le habían puesto coloradas.

—Está bien, galán —dijo Trish, soltándolo. Miró a Abby y le dio la mano—. Encantada de conocerte, Abby. Marcus, te esperamos afuera —dijo. Se dio la vuelta y se fue.

—Mi hermana no está bien de la cabeza —dijo Marcus—. No le hagas ningún caso.

—Ajá —dijo Abby, que no estaba prestando atención. Aún pensaba en lo que Trish había dicho. ¿Marcus estaba emocionado por ir al baile?

—¿Qué me estabas diciendo de tu teléfono?

Abby seguía pensando en el asunto. No había sido su intención pedirle a Marcus que fueran al baile, y además, él le había quitado el teléfono, así que no le debía nada. Era muy lógico. Entonces, ¿por qué no se lo decía?

Marcus la estaba mirando, esperando su respuesta. Abby se rió y sacó el teléfono.

—Nada, que funciona.

—Debería funcionar —dijo Marcus—. No es que vomitara en las teclas ni nada parecido.

—¿Dónde ha vomitado Marcus esta vez? —preguntó Chelsea, pasando el brazo por los hombros de Abby—. Abby, ¿dónde te metiste? Te he buscado por todas partes.

—No me he movido de aquí —dijo Abby—. Me encontré con Marcus.

—Vamos —dijo Chelsea, sin apenas mirar a Marcus—. Nathan y Matt nos están esperando afuera.

—Está bien —dijo Abby, aliviada de tener una excusa para marcharse—. Bueno, nos vemos, Marcus.

—Nos vemos —dijo Marcus.

—Ay, pobrecita —susurró Chelsea mientras caminaban hacia la puerta—. Atrapada hablando con Marcus el idiota. ¿Ha sido muy asqueroso?

—La verdad es que fue de lo más normal —dijo Abby mientras se volteaba para mirarlo.

—Tendría un día malo —dijo Chelsea, arrastrándola hacia la zona de los restaurantes—. Abby, me vas a adorar. ¡Ya me he encargado de todo!

—¿Qué quieres decir? —preguntó Abby.

—Ya lo verás —dijo Chelsea.

Nathan y Matt estaban sentados en una mesa amarilla, en frente del King Dog. Ambos habían pedido refrescos gigantes.

—Ya encontré a Abby —dijo Chelsea, sentándose al lado de Nathan. Se rió cuando él le lanzó una pajita.

Abby se sentó al lado de Matt. Se preguntaba si también le tiraría una pajita, pero estaba demasiado ocupado destrozando la tapa de plástico de su refresco. Dio un sorbo enorme y miró a Abby.

—Sí, iré contigo al baile.

Abby lo miró atónita, sin poder responder.

—Le he dicho a Matt que querías pedírselo, pero que eres demasiado tímida. —Chelsea se inclinó para darle un sorbo al refresco de Nathan—. Quieres ir al baile con Matt, ¿verdad, Abby?

Abby abrió la boca, pero no pudo decir nada. No podía ir al baile con Matt porque se suponía que iría con Marcus. ¿Pero qué persona en su sano juicio cambiaría a Matt por Marcus? Entonces se fijó en la tienda de tarjetas postales que había en frente. La entrada estaba decorada con un globo enorme en forma de corazón en el que había un mensaje en letras brillantes: ¡DILE QUE SÍ!.

Abby se acordó de su horóscopo. "Solo tienes que dejarte llevar por tu corazón".

—Sí —dijo Abby en voz baja, sin dejar de mirar el globo.

—¡Estupendo! —exclamó Chelsea—. Todo arreglado, entonces. —Se inclinó hacia Matt, y añadió—: Abby es tan tímida que a veces necesita un pequeño empujoncito.

Normalmente, a Abby le molestaba que Chelsea hablara de ella como si no estuviera presente, pero estaba demasiado confundida por lo que acababa de pasar. Ni siquiera había querido una pareja para el baile. ¡Y ahora tenía dos!

⋆ *Capítulo seis* ⋆

Era domingo por la mañana y Abby todavía no había encontrado solución al problema. Mientras desayunaba pan con queso crema, acompañada por sus padres en la mesa de la cocina, seguía dándole vueltas en la cabeza.

"Pues claro que debería ir al baile con Matt —se dijo—. Es muy guapo y muy popular. Además, es de séptimo y es el mejor amigo de la pareja de Chelsea para el baile".

Abby contó con los dedos. Cinco razones.

Además, su horóscopo le había estado tratando de decir toda la semana que debería ir con Matt. ¿No le había dicho que "podría ser el comienzo de una nueva relación" el día en que había decidido preguntarle? Y el día anterior, cuando no había sabido qué hacer, su horóscopo le había dicho que se dejara llevar por su corazón. ¡Y justo allí, delante de ella, había visto un corazón gigante con la respuesta! Bueno, no era su corazón precisamente, pero seguía siendo una señal.

Marcus, por otra parte... Abby no podía pensar en ninguna razón para ir con él al baile. Era un gritón. Era repugnante. No le daba miedo babear en público. De hecho, pensaba que eructar en público era una forma de comunicación. Marcus era un auténtico idiota.

"El problema —pensó Abby— es que decirle a Marcus que no voy a ir con él va a ser más difícil de lo que creía".

¿Qué hacer? A Abby no le gustaba tener que tomar decisiones, y esta era bien grande.

—¿En qué piensas, Abby? —preguntó su papá mientras se servía otra taza de café—. No has dicho una palabra en toda la mañana.

—¿Todavía estás disgustada por lo de la carrera? —preguntó su mamá—. No la vas a olvidar si sigues pensando en eso, cariño. Ya verás que la próxima vez te sale bien.

—No es eso —dijo Abby, y miró a sus padres, pensando que quizás ellos pudieran darle un consejo—. ¿Le han tenido que pedir a alguien que vaya a un baile con ustedes alguna vez?

—Pues claro, muchas veces —dijo su papá—. Yo le pedí a tu mamá que fuera a un baile conmigo una vez, y me dijo que no.

—¿En la preparatoria? —preguntó Abby. Sus padres habían salido juntos en la preparatoria. Abby conocía muchas de sus historias, pero esta no la había oído nunca.

—Tu mamá me rompió el corazón —dijo su papá.

—Creo que no —dijo su mamá, negando con la cabeza—. Si no recuerdo mal, tardaste dos segundos en pedírselo a Sheila Briggs. Sheila era una animadora.

—Y una de las personas más aburridas del planeta. Fue el peor baile de mi vida.

El Sr. Waterman llenó la taza de café de su esposa y le dio un beso. Ella sonrió.

—¿Por qué le dijiste que no a papá? —preguntó Abby—. ¿No te gustaba?

—La verdad es que me encantaba, pero ya le había dicho que sí a otra persona —explicó su mamá—. Me pareció horrible decirle que no a alguien después de haberle dicho que sí.

—Ah —dijo Abby. No era lo que quería escuchar. Bebió un sorbo de su jugo de naranja—. Pero... ¿y si el primer chico que te invitó en realidad no quería ir contigo? ¿Irías con él de todas formas?

—No sé muy bien qué quieres decir —dijo su mamá.

—Verás —dijo Abby bajando la cabeza y doblando la servilleta—. Imagina que él quería invitar a otra chica, pero te invitó a ti por accidente.

—En la preparatoria salí con chicos bastante bobos, pero ninguno tan despistado —dijo su mamá riéndose.

—Sí, supongo que es una idiotez —dijo Abby, y siguió comiendo.

—Esto no tendrá nada que ver con el baile del viernes, ¿no? —preguntó su papá—. ¿Te ha pedido algún chico que vayas con él? Pensé que ibas a ir con Chelsea.

—No. Bueno, sí —farfulló Abby con la boca llena. Masticó despacio, tomando suficiente tiempo para pensar. No quería que sus padres supieran lo idiota que había sido—. Chelsea y yo hemos pensado ir juntas. No, nadie me ha invitado.

—¿Es eso lo que te preocupa? Cariño, yo no me preocuparía demasiado por no tener una cita —dijo su mamá revolviendo el café—. ¡Solo tienes once años! Lo único que tienes que hacer es ir y pasarlo bien con tus amigos.

"Ojalá pudiera", se dijo Abby.

—De todas formas, tienes cosas más importantes en qué pensar —dijo su papá—. A propósito, ¿cómo va el discurso?

—Tenía planeado trabajar en eso hoy —dijo Abby, aliviada de poder cambiar de tema.

El discurso la había estado preocupando desde que se inscribió para las elecciones. La asamblea era el miércoles, y todavía no había pensado en lo que iba a decir.

—Bueno, pues me encantaría oírlo cuando lo termines —dijo su papá—. Es bueno practicar delante de otra gente.

—Gracias, papá —dijo Abby mientras se levantaba—. Lo haré.

Cuando llegó a su cuarto, se sentó en el escritorio y sacó un cuaderno en blanco. Miró las líneas azules, pero no se podía concentrar. Su mente seguía divagando con el problema de Matt y Marcus.

El sonido del teléfono la sacó de su ensimismamiento. Lo agarró y vio que tenía un mensaje nuevo.

TU HORÓSCOPO DIARIO, POR DOÑA ASTRID

LIBRA: ES POSIBLE QUE HOY TE VEAS OBLIGADA A ELEGIR ENTRE DIRECCIONES OPUESTAS. TÓMATE TU TIEMPO Y DESPEJA LA MENTE. ¡VERÁS QUE LA INSPIRACIÓN TE LLEGARÁ!

"¡Tiene razón! —pensó Abby—. Lo que tengo que hacer es olvidarme del baile por un tiempo".

Se tumbó en la cama, cerró lo ojos y esperó a que le llegara la inspiración.

Aunque estuvo así un rato largo, no pasó nada.

"Quizá necesite un poco de música para relajarme", se dijo y se levantó.

Tomó su MP3 y seleccionó una canción de Rhythm and Blues. Una aterciopelada voz de mujer llenó los audífonos, y Abby se recostó en los cojines.

"Uno de ellos es tranquilo y discreto —decía la canción—, pero el otro es tan, tan dulce. ¿Cómo elegir y no perder?"

"Uf —pensó Abby—. No es exactamente lo que necesito oír en este momento".

Puso la siguiente canción.

"Tú eres el hombre por el que quiero arriesgarlo todo. El único con el que voy a bailar por el resto de mi vida..."

—Ya está bien —dijo Abby quitándose los audífonos—. Puede que oír música no sea lo mejor. ¿Un poco de televisión, quizá?

Fue a la salita y encendió la televisión. Como era domingo por la tarde, no había gran cosa. Cambió de canal en canal: torneos de golf, programas de cocina, viejas películas del oeste, anuncios... De repente, entró su papá.

—Creí que ibas a ponerte a trabajar en el discurso —dijo.

—Trato de inspirarme —dijo ella.

El papá de Abby echó un vistazo al anuncio que mostraba la televisión.

—A no ser que tu plan consista en venderles a los alumnos de sexto un juego de cuchillos japoneses, dudo que con esto se te ocurran muchas ideas.

—Estoy tratando de relajarme para que me llegue la inspiración.

—Ya veo —dijo su papá. Tomó el periódico y empezó a ojearlo, buscando la sección de deportes—. ¿Quién fue el que dijo que la invención era un diez por ciento inspiración y un noventa por ciento transpiración?

—Puaj, qué asco —dijo Abby—. Obviamente, lo dijo una persona que suda mucho.

El teléfono de Abby sonó. Ella miró la pantalla, pero no reconoció el número.

—¿Quién es? —dijo con cautela.

—¡Holaaaa! —dijo una voz muy desagradable—. Eh, ah, ¿podría hablar con la Srta. Abby Waterman, por favor?

—¿Quién habla? —dijo Abby.

—Eh... soy Ima Gasser, del concurso del Limpiador Pinofresco. La llamo para decirle que ha ganado doscientas cajas del limpiador de inodoros.

—Lo siento —dijo Abby—, no he participado en ningún concurso.

Su papá levantó la vista del periódico y frunció el ceño. Abby se encogió de hombros, queriendo decir que no tenía ni idea de qué se trataba.

—Esto, pues... ¿podemos llevarle a su casa el camión con sus cajas del limpiador de inodoros? —La voz era tan estridente que Abby hizo una mueca.

—No sé de qué habla —dijo Abby—. Adiós.

—Abby —dijo la voz—. ¡Soy Marcus!

—Ah, Marcus, no reconocí tu número —dijo Abby y tomó el control remoto y empezó a cambiar de canales.

—Te llamo desde el teléfono de mi casa —dijo Marcus, ahora con su voz normal—. ¿Cómo estás?

—Bien. Oye, no puedo hablar ahora mismo —dijo Abby—. Estoy... estoy muy ocupada con mi discurso para las elecciones.

El papá de Abby, escondido tras el periódico, carraspeó. Abby lo miró.

—¿El discurso de las elecciones? —dijo

Marcus—. ¿Por qué? ¿Te vas a presentar a presidente o algo parecido?

—A tesorera —dijo Abby—. Tesorera de séptimo.

—¿Para qué?

—¿Qué? —dijo Abby—. ¿Qué clase de pregunta es esa?

—Mira, no te ofendas, pero suena un poco estúpido —dijo Marcus—. ¿Qué es lo que hace un tesorero?

—¡Muchísimas cosas! Como, por ejemplo... esto... —Abby se dio cuenta de que no estaba muy segura de lo que hacía un tesorero—. Hace cosas con el dinero.

—¿Lo ves? —dijo Marcus riéndose—. ¡Ni siquiera tú lo sabes!

—Pues claro que lo sé —dijo Abby—. Los tesoreros... se... se encargan de organizar las recaudaciones de fondos para la clase, por ejemplo—. No sabía si era verdad, pero sonaba bien.

—¿Recaudaciones de · fondos para qué? —preguntó Marcus.

· —Ya sabes, para que la clase pueda tener las cosas que necesita, como... por ejemplo... —Se mordió el labio, tratando de encontrar algo interesante, y entonces el partido de fútbol que se transmitía le dio una idea—: Un futbolín en la cafetería.

—¿En serio? ¡Eso sería estupendo! —dijo Marcus.

Abby sonrió. Era muy buena idea. En su antigua escuela tenían uno en la cafetería, y era muy popular.

—¿Crees que de verdad nos dejarían tener un futbolín en la cafetería? —preguntó Marcus.

—No estoy segura —admitió Abby—. Pero si recaudamos el dinero, ¿podrían negarse?

—Poderoso caballero es Don Dinero —dijo Marcus.

—Muy cierto —dijo Abby riéndose—. Y también están todas esas cosas que les gusta hacer a los alumnos, como los bailes y eso.

Abby se dio una palmada en la frente. ¿Por qué habría sacado el tema del baile? Era justo el tema de conversación que quería evitar con Marcus.

—Bueno, de todas formas —siguió diciendo—, como te decía, estoy muy ocupada. Tengo que seguir trabajando, de verdad.

—Pues buena suerte con tu discurso —dijo Marcus—. Supongo que te veré en la escuela mañana.

Abby acababa de colgar el teléfono cuando sonó de nuevo. Era Chelsea.

—¿Qué estás haciendo? —preguntó.

—Estoy pasando canales y mirando a las musarañas —dijo Abby.

—¿Qué?

—Estoy viendo la televisión, a ver si me inspira para el discurso —dijo Abby.

—Pues tengo algo que te va a inspirar de veras —dijo Chelsea—. ¿Puedo ir a tu casa?

—¡Claro que sí! —dijo Abby. ¡A lo mejor a Chelsea se le habían ocurrido ideas para sacar adelante el discurso!

Chelsea apareció en la puerta de su casa veinte minutos después. Traía su mochila.

—¿Qué traes ahí? —preguntó Abby—. ¿Tus tareas?

—Sí, seguro —dijo Chelsea—. ¡Vamos a tu cuarto y te lo enseño!

En cuanto entraron en el cuarto, Chelsea cerró la puerta.

—¿Cuál es el gran secreto? —preguntó Abby.

—No es ningún secreto. ¡Mira lo que conseguí esta mañana!

Chelsea vació la mochila en la cama, y salieron tubos de rímel, lápices delineadores y estuchitos de sombras de ojos y de rubor.

Abby miró estupefacta la pila de maquillaje.

—¿Qué hiciste? ¿Asaltar a mano armada la

planta baja de Macy's?

—Me lo ha prestado Tori —dijo Chelsea con una risita. Tori era su hermana mayor.

Abby examinó un pequeño estuche con varias sombras. Las de color rosa chicle, crema y chocolate le recordaron a los sabores de una heladería.

—¿Es que vas a empezar a ponerte maquillaje? —preguntó.

—¡Es para el baile! —dijo Chelsea—. Pensé que sería buena idea practicar para que la noche del baile estemos divinas.

—No sé —dijo Abby—. Suena divertido y eso, pero tengo que escribir el discurso hoy sin falta.

—La verdad es que no te vendría mal maquillarte un poco para el discurso. Solo un poco de lápiz labial y rubor —dijo Chelsea, y tomó un estuche de rubor de la pila—. ¿Sabías que la mayoría de los políticos lleva maquillaje cuando sale en televisión? ¡Te lo juro! ¡Hasta los hombres!

Abby se estremeció al acordarse de lo que le pasó con el maquillaje cuando fue a invitar a Matt al baile.

—No, gracias, nada de lápiz labial para mí. A partir de ahora, me conformo con el brillo —dijo.

—Creí que te gustaría la idea —dijo Chelsea.

—No, no, sí fue muy buena idea, es que... —dijo Abby rápidamente, sin saber cómo explicarle a su mejor amiga que el maquillaje no era lo que más le importaba en ese momento.

—Mira —dijo Chelsea—, probemos el maquillaje que vamos a ponernos para el baile, y luego te ayudo con el discurso, ¿te parece bien?

Abby miró con sentimientos de culpa el cuaderno que estaba encima del escritorio. Se dijo que al fin de cuentas debía darse un respiro y despejar su mente para que le viniera la inspiración.

—Me parece muy bien —dijo por fin—. Pongámonos bellas.

★ Capítulo siete ★

—Vamos, mamá, que voy a llegar tarde a la escuela —dijo Abby el lunes por la mañana.

La Sra. Waterman estaba de pie en la cocina, con el teléfono inalámbrico encajado entre la oreja y el hombro, oyendo sus mensajes.

—¡Ay, madre mía! —dijo, colgando de repente y muy enojada.

—¿Qué pasa? —preguntó Abby mientras buscaba su abrigo y su mochila.

—Se trata de la fiesta de este fin de semana, para la que estoy preparando la comida. Pidieron tartaletas de nueces, así que el otro día salí y gasté cuarenta dólares en las dichosas tartaletas. Pero ahora han cambiado de opinión. ¡Quieren tarta de queso!

—¿Tarta de queso? —dijo Abby. Le recordaba

a algo—. ¡Ay, no! —gritó—. ¡La venta de pasteles!

—¿Qué venta de pasteles? —preguntó su mamá mientras se abrochaba la chaqueta.

—El equipo de atletismo organizó para hoy una venta de pasteles para recaudar dinero. ¡Y no he preparado nada! —Abby no podía creer que se le hubiera olvidado algo tan importante—. ¿Podemos comprar algo en la tienda de camino a la escuela, mamá? ¡Por favor!

—Ya vamos tarde —dijo su mamá mirando el reloj.

—¿Entonces podrías comprar tú algo y llevarlo a la escuela antes de la hora del almuerzo?

—Tengo una reunión al otro lado de la ciudad toda la mañana —dijo su mamá—. Lo siento mucho, Abby, pero lo cierto es que tuviste todo el fin de semana.

—Se me olvidó, mami. No fue a propósito. Es que ayer estuve muy ocupada con lo del discurso —contestó Abby, sintiendo una punzada de culpa. La verdad era que ella y Chelsea se habían pasado la tarde probando maquillaje hasta la hora de cenar, y después, Abby tuvo que hacer sus tareas.

Pero la asamblea no sería hasta el miércoles.

En ese momento, la venta de pasteles era lo más importante. No podía soportar la idea de decepcionar a su equipo de atletismo otra vez.

—¿No tenemos nada que me pueda llevar? —dijo.

—Déjame pensar... —dijo su mamá mordiéndose el labio—. Creo que aún quedan algunas tartaletas de manzana en el congelador. Son las sobras de una fiesta en la que trabajé el mes pasado. Van a estar mucho más ricas si las calientas, pero...

Abby no lo pensó ni un segundo. Salió corriendo hacia las escaleras del sótano antes de que su mamá terminara la frase.

El sótano de la casa de Abby era una sala a medio construir que se usaba principalmente como almacén. En la parte trasera había un congelador enorme en el que la Sra. Waterman guardaba las provisiones para su negocio de comidas. A primera vista solo parecía contener enormes tarros de mermelada, bolsas de verduras y varios paquetes de nueces. Pero, tras rebuscar un poco, Abby encontró dos bolsas herméticas llenas de tartaletas.

Abby tomó las dos bolsas y subió corriendo las escaleras.

—¡Las encontré! —dijo, metiendo las bolsas en la mochila.

—Como te iba diciendo, si las calientas estarán mucho más ricas —dijo su mamá mientras agarraba las llaves del auto.

—Las guardaré en el casillero para que se descongelen —dijo Abby, colgándose la mochila al hombro—. Estoy segura de que estarán riquísimas.

Cuando sonó el timbre al final de la clase de matemáticas, Abby fue la primera en levantarse. Quería llegar temprano a la cafetería para ayudar a preparar la venta de pasteles. Estaba llegando a la puerta cuando se encontró con Marcus.

—¿Cómo te fue ayer con el discurso? —dijo Marcus, y su interés parecía genuino.

—Muy bien —dijo Abby.

Empezó a caminar más deprisa. Estaba empezando a darse cuenta de que Marcus era bastante normal cuando se lo proponía, y eso la hacía sentirse peor por lo que estaba a punto de hacer. Abby había decidido ir al baile con Matt, lo que significaba que, tarde o temprano, tenía que decirle a Marcus la verdad.

"Hoy no, hoy no", se dijo, acordándose de lo que le había dicho el horóscopo. Lo había leído antes de la primera clase y, como siempre, le había dado la solución a su problema.

TU HORÓSCOPO DIARIO, POR DOÑA ASTRID

LIBRA: PROCURA NO CAUSAR DEMASIADOS TORBELLINOS HOY. TAL Y COMO ESTÁN LAS COSAS, YA NAVEGAS EN AGUAS TURBULENTAS. LO MEJOR ES QUE SIGAS LA CORRIENTE PARA QUE NO SE VUELQUE LA BARCA.

—Así que, me estaba preguntando —dijo Marcus, dándose prisa para alcanzarla—. ¿De qué... de qué color es el vestido que vas a llevar al baile?

—Todavía no tengo vestido —dijo Abby, y esto sí era verdad. El sábado, en el centro comercial, ella y Chelsea habían pasado el resto de la tarde con Nathan y Matt, y no habían tenido tiempo de buscar el vestido de Abby—. ¿Por qué lo preguntas?

—Es que... —Marcus parecía incómodo—. Bueno, el caso es que Trish, ya sabes, mi hermana, dice que se supone que te tengo que comprar una flor, y... bueno, pues tiene que ir a juego con tu vestido.

Abby estaba tan sorprendida que se detuvo. Marcus por poco se tropieza con ella.

—No, Marcus —dijo, sacudiendo la cabeza—. No tienes que comprarme una flor.

"¡Díselo! —dijo una vocecita en su cabeza—. ¡Díselo ahora mismo!"

"Hoy no, hoy no —dijo otra vocecita—. No causes torbellinos. Sigue la corriente".

—Exactamente —dijo Marcus—. Ya le dije a Trish que era una estupidez, pero me dijo que tenía que preguntártelo de todas formas. Nos vemos luego, ¿de acuerdo?

Y antes de que Abby pudiera decir nada, se fue caminando deprisa por el pasillo.

Abby soltó un gruñido y se recostó en su casillero. ¡Esto se estaba poniendo cada vez más feo! Se volteó para meter sus libros, y en ese momento llegó Chelsea.

—¡Abby! Por fin te encuentro. Temía que ya te hubieras ido a la cafetería.

Chelsea sacó un tubo de brillo labial del bolso y se lo aplicó mirándose en el espejo del casillero de Abby.

—Estaba pensando —dijo Chelsea— que deberíamos sentarnos con Nathan y Matt durante el almuerzo, ahora que somos dos parejas y todo eso.

"¿Parejas?", pensó Abby, y se incorporó tan rápidamente que se golpeó en la cabeza con la puerta del casillero.

—¡Ay! ¿Y quién dijo que éramos pareja?

96

—Bueno, vamos a ir juntos al baile, ¿no? —dijo Chelsea.

—Pero eso no quiere decir que seamos pareja.

Abby no estaba segura de querer que Matt fuera su pareja. Y si pedirle a alguien que fuera contigo al baile te convertía en su pareja, ¿eran ella y Marcus una pareja también?

—Supongo que, oficialmente, no —dijo Chelsea—. Pero te convierte en algo. ¿Sabes qué? Tori me dijo que recibió su primer beso en el Baile de Primavera de McKinley.

¿Y ahora tenía que preocuparse por la posibilidad de que la besaran? Abby se llevó las manos a la cabeza. Le dolía muchísimo, y no era solo por el golpe.

—Hoy no puedo sentarme con los chicos, Chelsea —dijo—. Tengo que ayudar en la venta de pasteles para el equipo de atletismo.

—¿No puedes escaparte? —preguntó Chelsea.

—Lo prometí —dijo Abby.

—Bueno, supongo que podemos almorzar con ellos mañana —dijo Chelsea con un ademán de enojo. Se miró en el espejo y olisqueó alrededor—. ¿Has traído por casualidad un sándwich de atún para comer hoy?

—Claro que no —dijo Abby—. Sabes que detesto el atún.

—Pues tu casillero huele raro.

Chelsea tenía razón. Olía bastante raro.

—Puede que sea el almuerzo de Tony —dijo Abby, señalando el casillero de al lado.

—Aj, qué asco —dijo Chelsea—. Es un desastre. No me sorprendería que tuviera un sándwich de atún de hace tres semanas enterrado ahí en alguna parte.

—Será mejor que me vaya —dijo Abby, sacando de la mochila las bolsas con las tartaletas—. Pasarás por la venta para hacerme compañía, ¿verdad?

—Claro —dijo Chelsea, mirándose otra vez en el espejo para arreglarse el pelo.

—Estupendo —dijo Abby—. Nos vemos luego.

En la parte trasera de la cafetería había dos mesas plegables preparadas para el evento y un cartel hecho a mano que decía MUESTRA TU APOYO AL EQUIPO DE ATLETISMO en letras de color naranja y azul. Suz, Olu y una corredora de fondo llamada Jamie estaban de pie detrás de las mesas, colocando platos de dulces.

Abby dudó antes de entrar, deteniéndose en la puerta con las dos bolsas en las manos. Era la primera vez que veía a las chicas desde la carrera.

Se preguntaba si seguirían pensando tanto en el incidente como ella.

"No puedes quedarte aquí de pie todo el día", pensó. Se acercó a ellas y puso las bolsas en la mesa.

—Hola, chicas —dijo.

Jamie levantó la cabeza del plato de pasteles de chocolate que estaba desempacando.

—Hola, Abby.

—¡Qué bien! Me alegra que hayas venido —dijo Olu señalando una pila de latas que había debajo de la mesa—. ¿Puedes ayudarnos a poner estas galletas en los platos?

—¡Qué cantidad de cosas! —exclamó Abby, empezando a desempacar galletas y soltando un suspiro de alivio. Todo el mundo se comportaba normalmente y parecía que nadie estaba interesado en hacerla sentir mal.

Era difícil encontrar sitio para todo en las mesas. Ya estaban llenas de pasteles de chocolate, magdalenas, dulces de cereal de arroz y tartas.

—¡Así es! —exclamó Jamie—. Todo el mundo ha cooperado.

—¿Qué has traído, Gacela? —preguntó Suz mientras anotaba los precios en una hoja de papel.

—Tartaletas de manzana —dijo Abby, abriendo las bolsas y poniendo las tartaletas en un plato de papel—. Las ha hecho mi mamá. Es chef profesional.

—Genial —dijo Suz—. ¿Cuánto crees que deberíamos cobrar por cada una?

—Son pequeñas —dijo Abby—. ¿Qué te parece veinticinco centavos por dos?

Suz asintió y añadió el precio a la lista. Algunos chicos empezaron a merodear alrededor de las mesas. Eligieron pasteles de chocolate, galletas y cuadraditos de limón, entregando sus billetes de un dólar y sus monedas de veinticinco centavos. Olu se encargaba de recolectar el dinero y guardarlo en una caja de metal.

—¿Cómo les va con la venta de pasteles? —preguntó Krista. Agarró un pastelito de chocolate de uno de los platos, y se apoyó en la mesa para disfrutar de su postre y charlar con sus amigas. Ni siquiera miró a Abby.

A Abby no le sorprendió. No esperaba que Krista se hiciera su amiga de repente, pero le molestaba que siempre estuviera actuando como si fuera la jefa. Eso sí, esperaba que pagara el pastel.

—¿Dónde están las tartaletas de manzana? —preguntó un chico que estaba de pie en frente de Abby leyendo la lista de precios. Abby señaló el plato.

—Me llevo cuatro —dijo, y entregó dos

monedas de veinticinco centavos. Abby envolvió las tartaletas en una servilleta.

El chico se metió una entera en la boca y, un segundo después, volvió corriendo.

—¡Aj! Saben raro; les pasa algo.

—¿Cómo? —dijo Abby—. ¡No les pasa nada raro!

—¿Las has probado? —preguntó el chico.

Abby agarró una tartaleta de manzana y le dio un mordisquito. Supo al instante que el chico tenía razón. Les pasaba algo muy raro. El relleno era demasiado espeso y de un color rosado... y sabía ligeramente a pescado. No era manzana... ¡eran camarones!

"¡Ay, no! —se dijo consternada—. ¡Confundí la bolsas!"

El chico se limpió la lengua con la servilleta.

—Quiero que me devuelvan el dinero —dijo en voz alta.

—¿Qué pasa? —preguntó Olu.

—¡Me ha envenenado! —exclamó el chico—. Dijo que esas cosas eran tartaletas de manzana, pero están rellenas de una cosa asquerosa.

—En realidad, son de camarones —dijo Abby humildemente.

—¡Qué asco! —dijo el chico, y se llevó la mano a la boca—. Me has engañado. Me debes cincuenta centavos.

Todo el mundo los miraba. Krista se rió, y los ojos le brillaban.

—¿Has traído tartaletas de camarones a la venta de pasteles, Abby?

Abby se sentía demasiado mortificada para responder. En silencio, puso las dos monedas de veinticinco centavos en la palma de la mano del chico.

—Más vale que me des otros veinticinco centavos —dijo—. Tengo que comprar una gaseosa para quitarme el sabor de la boca.

Abby miró al resto de las chicas.

—Dáselos y asunto acabado —dijo Olu.

Abby sacó una moneda de su bolsillo y se la dio al chico, que se marchó sonriendo y haciendo que las monedas tintinearan en su mano.

—Buen trabajo, Abby —dijo Krista—. Gracias a ti, ahora estamos perdiendo dinero.

"¿Estamos? ¿Por qué te incluyes? No te veo ayudando —pensó Abby—. Una cosa es estar enojada por lo de la carrera, pero lo tuyo es mala educación. Pero no, mejor no digas nada. No provoques remolinos. Sigue la corriente".

Los chicos seguían acercándose a la mesa para comprar más galletas y pastelitos de chocolate. Krista siguió haciendo referencia a los camarones cada vez que tenía oportunidad, haciendo que Abby se sintiera cada vez más avergonzada. Deseó que Chelsea viniera para tener alguien con quien hablar, pero su amiga parecía haber olvidado su promesa.

A mitad del período del almuerzo, las mesas todavía estaban llenas de dulces.

—No estamos vendiendo lo suficiente —se quejó Jamie—. ¿Qué vamos a hacer con todo esto?

—Supongo que tendremos que llevárnoslo a casa —dijo Suz.

—Mi mamá está a dieta. Si me llevo a casa diez toneladas de galletas me va a matar —dijo Olu.

—Bueno, pues lo podemos donar a algún albergue o algo parecido —dijo Suz.

—Entonces no conseguiremos recaudar nada para las carreras —dijo Jamie—. Nos habremos esforzado para nada.

Abby empezó a morderse el pulgar, mirando al espacio infinito. No le importaba lo que hicieran con los dulces; solo quería que la pesadilla terminara.

Abby acababa de decidir que iba a tirar a la basura las tartaletas de camarones, cuando oyó una voz familiar.

—¿Qué pasa, colega?

Abby levantó la cabeza, y allí estaba Matt, mirándola desde detrás de su cortina de pelos.

—¡Hola! —exclamó Abby, dando un salto. Era la primera vez que Matt se le había acercado en la escuela—. Estamos haciendo la venta de pasteles para el equipo de atletismo. ¿Quieres comprar una galleta o un dulce de cereales de arroz?

—¿Cuáles trajiste tú? —preguntó Matt, echando un vistazo a la mesa.

A Abby le dieron ganas de decirle que eran los pastelitos de limón, pero Olu y Suz los vigilaban con recelo.

—He traído... unas... tartaletas de camarones —dijo en voz baja.

—¿Has dicho *camarones*?

Abby asintió, abatida.

—Qué cosa más rara —dijo Matt. Compró una galleta de chocolate y se alejó, mordisqueándola.

En cuanto se fue, Suz y Olu se le echaron encima.

—Vamos, Gacela —dijo Suz sonriendo—. ¿Qué tal van las cosas entre tú y Matt Anderson?

—Fatal —dijo Abby—. Quizá vayamos al baile juntos.

—¿Quizá? —preguntó Olu—. No parece que te entusiasme la idea.

—Es más complicado de lo que parece.

En ese momento, Abby vio a su principal

preocupación caminando hacia ella con una sonrisa de oreja a oreja.

"Ay, no, por favor —pensó—. Marcus otra vez".

—Me dicen que hay una oferta especial de tartaletas de camarones —dijo Marcus al llegar.

—Muy gracioso —dijo Abby.

—Tienes unas ideas innovadoras, Abby —dijo Marcus, poniendo una moneda de veinticinco centavos en la mesa—. Me llevo dos.

—No tienes por qué hacer eso —dijo Abby—. Estaba a punto de tirarlas a la basura.

—Me encantan los camarones —dijo Marcus. Sacó una tartaleta de la bolsa, la lanzó al aire y cayó dentro de su boca.

—Vaya, me has impresionado —dijo Abby—. ¿Por qué estás siempre haciendo trucos con la comida?

—Eso no es nada —dijo Marcus encogiéndose de hombros. Retrocedió unos pasos, hasta que estuvo a una buena distancia—. Vamos, lánzame una. ¡Ánimo!

Abby tomó una tartaleta y la lanzó. La tartaleta voló y acabó en la boca de Marcus.

—¡Caramba! —exclamó Abby—. ¿Dónde aprendiste a hacer eso?

—Soy un hombre con mucho talento —dijo Marcus sonriendo.

105

"Sí —pensó Abby—, ¡y de lo más extraño!"

—Oye, estuvo genial. Hazlo otra vez —dijo Jamie, que los había estado mirando.

—Primero tienes que comprar la tartaleta —le dijo Marcus a Jamie.

—Está bien—. Jamie puso una moneda de veinticinco centavos en la caja de metal y agarró dos tartaletas. Se las tiró a Marcus más rápido que Abby, y él atrapó las dos.

—¡Fabuloso! —dijo Jamie riéndose—. Eres como una foca amaestrada. Y es un cumplido.

—¡Fu! ¡Fu! —dijo Marcus, y aplaudió como una foca.

En un instante, más y más chicos se acercaron para comprar tartaletas de camarones. Nadie parecía poder resistir la tentación de lanzar comida a la boca de Marcus.

—Esto es genial. ¡Lo estamos vendiendo todo! —dijo Olu al ver que los chicos comenzaban a comprar los otros dulces también.

"Marcus es un tipo muy raro —pensó Abby al ver cómo atrapaba con la boca media galleta—. Pero, a su manera, es todo un genio".

En ese momento llegó Chelsea.

—¿Qué está pasando aquí? —preguntó.

—Mira a Marcus. Está salvando la venta de dulces —dijo Abby.

Las dos miraron a Marcus, que dio una vuelta completa antes de atrapar otra tartaleta con la boca.

—Madre mía, no sabe qué hacer para llamar la atención —dijo Chelsea.

—No creo que sea tan horrible —dijo Abby.

—Por favor, Abby. Tendrían que encerrarlo en un zoológico.

—¡Abran paso! ¡Abran paso! —gritó alguien. Los chicos se hicieron a un lado y la Srta. Jenkins avanzó como un gigante entre la multitud. Se detuvo en frente de la mesa y puso los brazos en jarras—. ¿Qué pasa aquí?

Abby y las demás chicas se quedaron petrificadas. Marcus, que acababa de atrapar otra tartaleta en la boca, se la tragó de inmediato.

—Es... es solo nuestra venta de dulces —dijo Abby, sorprendida por su propia valentía—. ¿Le gustaría probar uno, Srta. Jenkins? Invita la casa.

Abby le ofreció un pastelito de limón envuelto en una servilleta. Los ojos de la encargada de la cafetería fueron de Abby al pastelito.

—Bueno —dijo—. Gracias, muy amable.

—Pruebe el de chocolate también —dijo Suz, ofreciéndole uno.

—Y las galletas de caramelo —añadió Olu, poniendo una galleta en la servilleta.

—Bueno, chicas, ya es suficiente —dijo la Srta. Jenkins con una risita—. Tengo que cuidar la figura, ya saben —añadió, dándose golpecitos en su abultada barriga.

La Srta. Jenkins se marchó con sus dulces en la mano, y Suz chocó la mano con la de Abby.

—¡Bien hecho, Gacela!

—¡Genial! —dijo Jamie.

—Abby se merece un premio —dijo Krista con desprecio—. Primer lugar por hipócrita.

La sonrisa de Abby desapareció. Parecía que Krista aún la tenía entre ceja y ceja. Abby sabía que no debería importarle, pero le dolía.

—Olvídala —le dijo Olu a Abby mientras Krista se marchaba—. Cuando tengamos la nueva pista, se alegrará. ¡Mira cuánto dinero hemos recaudado! —añadió, señalando la caja de metal, de la que sobresalían billetes y monedas.

—Quizá deberíamos darle algo a Marcus —dijo Abby—. Por su inestimable colaboración.

—No importa, almorcé gratis —dijo Marcus frotándose la barriga—. Aunque creo que no voy a comer camarones por mucho tiempo.

⋆ *Capítulo ocho* ⋆

TU HORÓSCOPO DIARIO, POR DOÑA ASTRID
LIBRA: QUIZÁS TENGAS PROBLEMAS DE CONCENTRACIÓN. NO
FUERCES LAS COSAS: SOLO CONSEGUIRÁS QUE AMBAS PARTES
PIERDAN. VUELVE A INTENTARLO EN UNA MEJOR OCASIÓN.

—¡Abby! ¡Ese pulso! —dijo el entrenador Nelson—. ¡Deja de mover el brazo!

Abby trató de mantener el brazo lo más rígido posible y empezó a correr. Oyó a Suz, que venía detrás de ella. Abby extendió la mano para recoger el testigo y lo sintió en los dedos, pero se le escapó. En cuanto Suz lo soltó, cayó al suelo.

Las dos dejaron de correr. Abby se volteó y vio que Krista, Suz y Olu la estaban mirando. Krista estaba de brazos cruzados y Olu tenía las manos en las caderas. En cuanto Abby miró a Krista, esta escupió al suelo.

—Abby —dijo el entrenador Nelson—, no muevas la mano buscando el testigo. Solo mantén el brazo rígido y espera a que llegue. Muy bien, chicas, intentémoslo de nuevo.

—Entrenador, es la cuarta vez que se le cae el testigo hoy —dijo Krista.

—En ese caso —dijo el entrenador—, es bueno que sigamos entrenando, ¿no crees? Vamos, a sus puestos. Vamos a intentarlo una vez más.

Krista entrecerró los ojos y le susurró algo a Olu, quien asintió. Abby tragó saliva. La mayor parte del entrenamiento había consistido en practicar el pase del testigo, y aún no había logrado hacerlo bien. Sin embargo, cuanto más se esforzaba, peor lo hacía.

El equipo practicó la entrega una vez más y Abby falló una vez más.

—Está bien —dijo el entrenador—. Vamos a descansar unos minutos. Chicas, vayan a beber agua. Abby, ¿puedo hablar contigo un momento?

Las demás chicas se marcharon y Abby se acercó lentamente al entrenador. Tenía la sensación de que no iba a decirle nada bueno.

—¿Qué pasa? —preguntó—. La semana pasada lo tenías todo bajo control, y hoy es como si no hubieras practicado la entrega en tu vida.

Abby dudó unos segundos. ¿Debería contarle al entrenador lo que le había dicho el horóscopo? ¿Que el cosmos decía que era imposible que hoy se concentrara?

—Supongo que estoy teniendo un mal día —dijo por fin para no complicar el asunto.

Como si nadie se hubiera dado cuenta. Nada le había salido bien. Esa mañana, Chelsea se había obsesionado con el baile otra vez. Le había dado la lata a Abby por no tener todavía el vestido. Luego se puso a hablar de un tal "esmoquin", que Abby pensó que era un grupo de pop nuevo, pero que resultó ser el tipo de traje que llevan los chicos al baile.

—¡Tenemos que comprarles la flor para el ojal hoy, sin falta! —dijo Chelsea, como si se tratara de una emergencia.

Abby le dijo con mucho tacto que se estaba dejando llevar por los nervios, y por poco se pelean.

Luego, durante el almuerzo, las dos se sentaron a la mesa con Nathan y Matt. Abby hizo una broma estúpida sobre fútbol, y todo el mundo la miró como si fuera una extraterrestre. Y después, Marcus se acercó a ellos, y Abby tuvo que salir corriendo al baño de las chicas para que no dijera nada sobre el baile en frente de Chelsea y Matt. Abby no había vuelto a ver a Marcus, así que no había tenido la oportunidad de decirle que no podían ir juntos al baile.

En general, había sido un día horrible y Abby deseaba que se acabara de una vez.

—Cualquiera puede tener un mal día, Abby —dijo el entrenador—, pero tengo la sensación de que no estás esforzándote al máximo.

—Sí me estoy esforzando. Es solo que debo esperar que aparezca una mejor ocasión —dijo, citando su horóscopo.

—¿Una mejor ocasión? —dijo el entrenador arqueando las cejas—. ¿Y cuándo va a llegar? ¿Crees que llegará el viernes en el campeonato?

Abby se quedó en silencio. ¿Cómo iba a saber si le iba a ir bien el viernes?

—Mira, eres una gran atleta, pero tienes que subir el listón —dijo el entrenador—. No es solo la carrera de relevos; el equipo entero depende de ti. Si no estás dispuesta a poner toda la carne en el asador, voy a tener que sacarte de la competencia, por el bien del equipo.

—Seguro que a las demás les encantaría —dijo Abby, aplastando la hierba con uno de los tenis.

—¿Es por lo que pasó el viernes pasado? —preguntó el entrenador.

—Metí la pata hasta el fondo —dijo Abby.

—Pues ya va siendo hora de que lo superes. El atletismo depende mucho de la concentración. Todo está aquí arriba. Puede que seas una gran atleta, pero si te desconcentras, nunca vas a ganar.

Abby pensó en lo que el entrenador había dicho. Tenía razón. ¿Pero qué pasaría si ese día estaba destinada a perder? Si las estrellas no se alineaban a su favor, ¿qué podía hacer ella? Y, si estaba destinada a ganar, ¿por qué iba a importar si se esforzaba o no?

A Abby, sin embargo, le parecía que tenía que esforzarse. ¿Para qué ponerse un objetivo si ni siquiera intentaba alcanzarlo? Abby siguió dándole vueltas, pero no sabía qué hacer.

—¿Estás lista para intentarlo de nuevo? —preguntó el entrenador Nelson.

—Con todas mis fuerzas —dijo Abby, y respiró hondo. Era la única opción.

Cuando terminó el entrenamiento, Abby encontró un mensaje de su mamá en su teléfono. Llegaría tarde por culpa de la reunión, una media hora como mínimo.

—¿Media hora? —se quejó Abby. Con todo el ajetreo del día, no había tenido tiempo de almorzar, y se moría de hambre.

Llamó a su mamá y le dijo que iba a comer algo en la calle 8, y que la recogiera allí.

La calle 8 constaba de dos cuadras de tiendas y cafés, y estaba a la vuelta de la esquina de McKinley. Abby compró un helado en vasito y se sentó en un banco a comérselo.

Mientras tomaba el helado, se dio cuenta de que había una tienda nueva en frente. Las ventanas tenían gruesas cortinas moradas, y un anuncio en luces de neón azules decía: ASTROLOGÍA. NO HAY QUE TENER CITA.

Abby se quedó paralizada con la cuchara en la boca. Si esa señal significaba lo que ella creía, había una astróloga de verdad al otro lado de la acera. A lo mejor ella podía decirle cómo solucionar el lío en el que se había metido.

Terminó rápidamente el helado, tiró el envase a la basura y cruzó la acera.

Cuando abrió la puerta, sonaron campanitas. Al entrar en la minúscula sala, miró alrededor.

No sabía cómo eran las tiendas de astrólogos, pero esta no tenía pinta de serlo. Aparte de las cortinas moradas, parecía una oficina de lo más normal: alfombra gris, plantas y algunos cuadros en la pared. Una mujer trabajaba en la computadora, sentada en su escritorio.

La mujer alzó la vista. Era pelirroja y llevaba su pelo rizado en un moño alborotado. De su cuello colgaba una cadena de cuentas que sostenía unas gafas.

—Hola, tesoro —dijo la mujer sonriendo. Se puso las gafas, lo que hizo que sus ojos se vieran enormes y acuosos—. Llegas temprano, pero no importa.

—¿Sabía que iba a venir? —preguntó Abby.

—Por supuesto —dijo la mujer y consultó su calendario—. Tienes cita a las cinco y cuarto. Ariel Freeman, ¿no?

—Ah —dijo Abby—. No, perdón, no tengo cita.

—¿Entraste y ya? ¡Genial! Lamentablemente solo tengo veinte minutos hasta que llegue la próxima clienta. ¿Quieres volver más tarde? O podemos vernos la semana que viene.

—Demasiado tarde —dijo Abby—. Necesito ayuda en este momento.

—Ajá, comprendo. Problemas con Mercurio.

—¿Cómo?

—Desde que Mercurio entró en retroceso —dijo la mujer—, estoy a tope de trabajo. Todo el mundo quiere saber cuándo va a volver a su posición normal para seguir adelante con sus vidas.

A Abby le parecía que la mujer hablaba en otro idioma.

—Yo solo quería preguntar sobre mi horóscopo —dijo Abby.

—¡Qué bien, una primeriza! —exclamó la mujer—. Disculpa. Siéntate, mi amor, siéntate. Te puedo preparar una carta astral en un momento.

Abby miró alrededor, pero no vio ninguna lista de precios.

—¿Cuánto cuesta? Es que no he traído mucho dinero...

—Por norma, cobro cincuenta dólares por sesión —dijo la mujer— pero, como no tenemos mucho tiempo, te puedo atender por veinte.

Era la cantidad exacta que Abby se había encontrado en los matorrales la semana anterior. Todavía tenía el billete doblado en su monedero. Lo había estado reservando para la ocasión adecuada, que parecía haber llegado.

Se sentó en una silla, en frente de la mujer, quien volvió a mirar su computadora.

—¿Nombre? —preguntó.

—Abby Waterman.

—Yo me llamo Connie Bloch —dijo la mujer.

Abby se sorprendió de nuevo. Connie Bloch sonaba mucho menos astrológico que Doña Astrid.

Connie Bloch le hizo varias preguntas más a Abby, como la fecha y hora de su nacimiento, y escribió todas las respuestas en la computadora. Luego imprimió la carta.

—Ah, los avances tecnológicos. Cuando empecé en este negocio, tenía que hacerlo todo a mano. ¡Tardaba muchísimo! —dijo y le pasó una hoja a Abby—. Aquí tienes, tesoro. Esta es tu carta astral. Te muestra la posición de los planetas el día en que naciste.

Abby examinó la carta. Parecía una especie de cuadrante con un montón de números y garabatos dentro.

—Veamos —dijo Connie Bloch, tomando la carta y ajustándose las gafas—. Tu signo solar es Libra a los cinco grados. Pero seguramente ya sabes que eres Libra. Todo el mundo sabe cuál es su signo, aunque la mayoría no sabe qué significa. Los Libra son encantadores, afables y atractivos. Siempre ven los dos lados de una situación, lo que puede hacer que sean un poco indecisos. Me imagino que te cuesta trabajo tomar decisiones, ¿verdad?

Abby asintió y Connie Bloch dio golpecitos a la carta con una gigantesca uña pintada de morado.

—Tu estrella ascendente es Virgo a los diecisiete grados. ¡Siempre reflexionas! Y eres organizada. Seguro que siempre haces las tareas. La Luna está a los ocho grados de Capricornio. Y, veamos... Mercurio está a los cinco grados de Leo, Martes en Aries...

Una vez más, a Abby le pareció que Connie Bloch hablaba en otro idioma. Miró el reloj y vio que solo quedaban unos minutos, y aún no había oído nada relevante. Así que la interrumpió y le contó toda la historia. Connie Bloch escuchó atentamente y de repente abrió sus grandes ojos.

—¡Cielo santo! —exclamó—. ¡Tienes que arreglarlo antes de que hieras los sentimientos de alguien!

—Lo sé —dijo Abby—. ¿Pero cómo lo arreglo? ¿A quién debo llevar al baile?

—Bueno —dijo Connie, apretando los labios—, supongo que podemos mirar qué signo es el más compatible con el tuyo. No sabrás las fechas de nacimiento de los chicos, ¿verdad?

Abby negó con la cabeza.

—Bueno —dijo Connie—, no pasa nada. Hay tantísimas cosas que una estrella no te puede decir de una persona. —Se quitó las gafas, cruzó los brazos y miró a Abby—. Me temo que no puedo decirte con qué chico deberías ir al baile. Sin embargo, te puedo decir algo de los Libra: distinguen muy bien entre el bien y el mal; mejor que ningún otro signo del zodíaco. Si eres sincera contigo misma, sabrás qué debes hacer.

Sonaron las campanas de la puerta, y Connie Bloch alzó la vista.

—Es mi próxima cita.

—Gracias por su ayuda —dijo Abby, sacando el billete de veinte dólares y dejándolo encima del escritorio.

—No ha sido ayuda astrológica —dijo Connie Bloch, sonriendo y dándole la mano—. Fue un consejo gratis. —Le devolvió el billete a Abby—. Vuelve cuando quieras y te hago una lectura de verdad.

⋆ *Capítulo nueve* ⋆

—¡Qué linda estás, Abby! —dijo Chelsea en la escuela, el miércoles por la mañana.

—Gracias —respondió Abby.

Se había puesto su mejor camiseta azul, una falda caqui y sandalias de plataforma baja. Tenía el pelo recién lavado y recogido en dos trenzas y llevaba el toque justo de brillo rosado en los labios. Chelsea asintió, aprobando el conjunto.

—¿Estás lista para la asamblea?

—Estuve casi toda la noche despierta —dijo Abby—, trabajando en el discurso.

Le había tomado varios borradores, pero, justo después de medianoche, logró terminar el discurso como quería. Para entonces sus papás ya estaban dormidos, así que se puso a practicar en frente del espejo del baño, recitando el discurso una y otra vez hasta que se lo aprendió de memoria.

—Vas a estar genial, ya verás —dijo Chelsea abrazándola—. Oye, voy a buscar a Sara y a Toshi para sentarnos juntas. ¡Ay, cuánto me gustan las asambleas! ¡Así no hay que ir a clases! Bueno, nos vemos, ¿de acuerdo?

Luego de que Chelsea se alejara por el pasillo, Abby revisó su peinado en el espejo del casillero y repasó el discurso mentalmente. Cuando estaba a punto de cerrar el casillero para ir al gimnasio, sonó el teléfono. Abby lo sacó y vio que tenía otro mensaje del horóscopo diario.

Dudó si pulsar o no la tecla verde. ¿Lo debería ver ahora o esperar hasta después del discurso?

"Es mejor saberlo ahora", pensó. Pulsó el botón y el mensaje apareció en la pantalla.

TU HORÓSCOPO DIARIO, POR DOÑA ASTRID

LIBRA: A PESAR DE TENER BUENAS INTENCIONES, HOY TUS PLANES PODRÍAN DESMORONARSE. SI NO TIENES CUIDADO, PODRÍAS PERDER ALGO QUE ES MUY IMPORTANTE PARA TI.

Abby se estremeció. Leyó el mensaje de nuevo, pero no cabía ninguna duda: iba a estropear el discurso y a perder las elecciones.

Guardó el teléfono en el casillero. Los nervios que había sentido antes habían desaparecido por completo. En su lugar, solo quedaba una sensación de náusea. En unos minutos, tenía que salir al escenario en frente de todos los alumnos (y sus maestros y sus amigos y los chicos de la clase) y dar un discurso que, como sabía de antemano, iba a ser un desastre.

—Hola, Abby —dijo una voz a sus espaldas.

Abby pestañeó y se dio cuenta de que Marcus estaba al lado de su casillero. Ni siquiera lo había oído llegar.

—Solo quería desearte buena suerte hoy —dijo.

Abby soltó una sonrisa trágica.

—Gracias, Marcus, pero creo que la suerte no me va a poder ayudar mucho.

—¿Estás bien? —preguntó Marcus.

—Las estrellas están en mi contra —dijo Abby—. No tengo la más mínima oportunidad.

—¿De qué estás hablando?

—Tengo que irme —dijo Abby al mirar su reloj—. Tengo que ir a perder las elecciones.

Abby respiró hondo y caminó por el pasillo para encontrarse con su destino.

Las gradas del gimnasio estaban llenas. Era el primer día verdaderamente cálido de primavera; incluso con las ventanas abiertas, el ambiente era algo sofocante. Los ventiladores de techo no parecían tener muchas ganas de refrescar. Mientras escuchaban los discursos, los alumnos de sexto tenían que abanicarse con hojas de papel, con cuadernos o con lo que tuvieran a mano.

En medio de la cancha estaba el oponente de Abby, Tyson Storey, de pie tras un podio de madera y enumerando las razones por las que los alumnos de sexto debían votar por él. El discurso de Tyson parecía estar hecho exclusivamente de bromas deportivas. La gente se reía bastante, sobre todo los chicos.

Abby estaba esperando en una esquina, tratando de concentrarse en su discurso, pero su mente volvía al horóscopo. Con solo cerrar los ojos, podía leerlo como si lo tuviera escrito en el reverso de los párpados.

El público rompió en aplausos y Abby abrió los ojos. Tyson Storey se alejaba del podio. Algunos silbaron, y otros gritaron: "¡Arriba, Tyson!"

Se acabó. Le había llegado el turno y Abby sintió la boca reseca.

—Y ahora nuestra última candidata a tesorera de séptimo: Abby Waterman —anunció el subdirector por el micrófono.

Abby sintió deseos de salir corriendo y no volver. Pero, de alguna forma, sus piernas la llevaron al podio en medio de la cancha.

En cuanto miró a las gradas, Abby se dio cuenta de por qué la gente ensayaba los discursos en frente de un público, en vez de un espejo. Al reflejo de Abby no le importaba si cometía errores, pero ahora había cientos de ojos pendientes de ella. Todo el mundo quería saber lo que iba a decir, y Abby tenía la sensación de que no serían tan magnánimos como el espejo de su baño.

"Madre mía, cuánta gente", pensó.

Algunos chicos que estaban en frente se rieron, y Abby se dio cuenta de que lo había dicho en voz alta. Se puso colorada, carraspeó y trató de empezar a dar su discurso.

—Me llamo Abby Waterman, y... esto... me presento a tesorera de la clase. Estoy segura de que, esto... muchos de ustedes tienen muchas preguntas acerca del cargo, como... esto...

De pronto se quedó en blanco. No se acordaba de lo que iba después.

"¡Me está pasando! —se dijo—. ¡Es lo que dijo

mi horóscopo! ¡Va a ser un desastre!"

Se quedó petrificada, agarrada al podio con ambas manos.

"¡Piensa en algo! —se dijo—. ¡Lo que sea!"

Pero las palabras no salieron. A medida que el silencio se hacía más y más incómodo, el público empezó a moverse en sus asientos. Un par de chicos se rieron. Abby vio a la Srta. Hill de pie en un rincón. Sus gruesas cejas estaban arrugadas, con una expresión de profunda preocupación.

—¡Buuuu! —gritó alguien, y en seguida el público estalló en carcajadas.

Todos los maestros trataron de encontrar al que abucheaba, pero nadie sabía quién había sido. Abby sintió que estaba sufriendo una muerte muy, muy lenta. Se preguntó si debería bajarse del podio.

Justo en ese momento, alguien habló.

—¡Oye! —dijo una voz familiar, nasal y muy desagradable—. Me gustaría hacerte algunas preguntas sobre lo de ser tesorero de la clase.

"¡Marcus! —pensó Abby—. ¿Qué está haciendo?"

—¿Qué quieres saber? —se oyó diciendo.

—Pueeeeees, quiero saber... ¿Para qué se presenta uno? ¿Qué hacen los tesoreros, si es que hacen algo? —dijo Marcus con su voz de Ima Gasser. Los chicos del público, sorprendidos, empezaron a reírse.

"¿Por qué me hace esto? —se preguntó Abby—. ¡Sabe que eso no es verdad! Ya le he explicado lo que hace un..."

De repente, Abby lo comprendió todo. Marcus no se estaba riendo de ella. Estaba tratando de hacer que se acordara de lo que le había dicho por teléfono. ¡Quería ayudarla!

—La verdad es que me alegro de que me lo preguntes —dijo Abby, consciente de que no sonaba muy segura de sí misma—. Puede que los tesoreros no hayan hecho gran cosa en el pasado, pero creo que... creo que eso puede cambiar. Si me eligen como tesorera, prometo aumentar las recaudaciones de la clase.

—¿Qué recaudaciones de la clase? —gritó alguien, sin duda inspirado por la osadía de Marcus.

—El dinero que pertenece al séptimo grado —dijo Abby—. Creo que no hay mucho ahora mismo, pero podemos recaudar más y usarlo para lograr cosas que nos interesen. —Buscó a Marcus con la mirada, y él asintió—. Quizá un futbolín en la cafetería.

El público empezó a murmurar. Al parecer, a muchos de los chicos les encantaba la idea de tener un futbolín en la cafetería. Abby miró hacia donde estaban la directora y el subdirector. Ambos fruncían el ceño.

—Y otras cosas —siguió diciendo, rápidamente—. El caso es que, si tenemos un buen tesorero, tenemos más posibilidades de conseguir lo que queramos porque podremos gastar nuestro propio dinero. —Respiró profundamente y se sintió más segura de sí misma—. Esta semana, sin ir más lejos, ayudé a organizar una venta de dulces para el equipo de atletismo. Logramos recaudar trescientos veintiún dólares, y con ese dinero ayudaremos a que la escuela nos construya una pista nueva. Si me eligen, prometo que haré todo lo que pueda para que consigamos lo que queremos.

—¡Más bailes! —gritó alguien.

—¡Aire acondicionado en el gimnasio! —dijo otro y hubo risas.

—¡Que no haya clases los viernes! —gritó Ima-Marcus y los chicos estallaron en carcajadas.

—Bueno, no puedo prometer tantas cosas —dijo Abby sonriendo—, pero me esforzaré al máximo. —La Srta. Hill estaba dándole golpecitos a la esfera del reloj, indicándole a Abby que se le acababa el tiempo—. ¡Así que voten por mí, Abby!

El público aplaudió con ganas y Abby caminó hacia la parte trasera de la sala. Las rodillas le temblaban.

Después de la asamblea, los chicos salieron del gimnasio como ganado que vuelve al corral. Abby vio a Marcus entre la multitud.

—¡Marcus! —dijo, agitando los brazos.

—Choca esos cinco, tesorera —dijo Marcus, y los dos chocaron las manos.

—Pero no me llames tesorera todavía —dijo Abby—. No he ganado las elecciones.

—Como tú digas —dijo Marcus—, pero te ganaste al público. Mañana, cuando anuncien el resultado, estarás gritando como una loca de alegría —gritó mientras movía las caderas de arriba a abajo y agitaba los brazos.

—Marcus, no te pases —dijo Abby.

Algunos de los chicos empezaban a mirarlos, pero Marcus siguió bailando y haciendo sus ridículos movimientos de cadera.

—¡Abby! —gritó Chelsea, corriendo hacia ella y abrazándola—. ¡Estuviste genial! —Miró a Marcus por encima del hombro—. ¿Qué diantres te pasa, Marcus? ¿Es que por fin te han dado la beca para la universidad de payasos?

—Qué va —dijo Marcus—. Solo estoy ensayando para el baile del viernes.

—¿Ah, sí? —dijo Chelsea con una sonrisa malévola—. ¿Y con quién vas a ir?

Marcus dejó de bailar de repente, con una sonrisa de confusión en la cara.

—Con Abby —dijo—. ¿Es que no lo sabías?

—No vas a ir con Abby —dijo Chelsea riéndose—. Abby va a ir al baile con Matt Anderson.

—¿Qué?—. La sonrisa de Marcus desapareció de su rostro.

—Yo... esto... pues... —tartamudeó Abby.

—¿Es que no se lo habías dicho todavía? —dijo Chelsea abriendo los ojos. Abby no respondió y Chelsea volvió a dirigirse a Marcus—: Abby no tenía intención de pedirte que fueras al baile con ella. El mensaje de texto que recibiste era para Matt. Abby le dio a tu nombre por error. Por cierto, no es nada bonito jugar con los teléfonos de los demás.

Marcus miró a Chelsea y después a Abby. Su rostro estaba congelado en una expresión extraña, entre avergonzada y enojada.

—Iba a decírtelo —empezó a decir Abby.

—Me da igual —dijo Marcus, alzando la mano para demostrar que no quería oír disculpas. Luego se volteó y se fue.

—Ay, qué pesado —dijo Chelsea—. No tenía

por qué haberse puesto tan melodramático.

—¡Chelsea! —exclamó Abby—. ¿Por qué hiciste semejante cosa?

—¿Yo? —dijo Chelsea—. Tú eres la que no ha sido capaz de tomar las riendas de la situación.

—No sabía cómo decírselo todavía —murmuró Abby, llena de frustración—. Estaba tratando de encontrar la solución.

—No me vayas a decir que de verdad estabas considerando la posibilidad de ir al baile con Marcus Gruber. ¡Abby, él es un idiota!

Abby quería defender a Marcus. No pensaba que fuera un idiota. Pero tenía miedo de decírselo a Chelsea.

—No te sientas mal —dijo Chelsea, pasando la mano por el hombro de Abby—. ¡Lo vas a pasar genial! Todo está listo con Nathan y Matt, y vamos a pasar la mejor noche de nuestras vidas, ya verás.

Abby suspiró. Chelsea tenía razón, como siempre. Y, al menos, ya no tendría que preocuparse por Marcus. Iba a ir al baile con Matt, que era lo que tenía que haber pasado desde el principio.

⋆ *Capítulo diez* ⋆

El jueves por la mañana, Abby se sentó en su clase de inglés mordiéndose la uña del pulgar. La directora estaba haciendo los anuncios del día por el ruidoso sistema de megafonía. En cualquier momento, oirían los resultados de las elecciones.

Esa mañana, Abby se había despertado con un mal presagio en la cabeza. Sabía que iba a perder las elecciones porque se lo había dicho su horóscopo del día anterior. Ahora, temía las miradas de lástima que le lanzarían sus amigas, o, aun peor, las sonrisas traicioneras de la gente a la que le encantaría que ella perdiera (como Krista).

La directora hizo una pausa, y se oyó un ruido. Luego, continuó.

—Y ahora, los resultados de las elecciones de ayer.

Algunos chicos miraron a Abby. Ella fingió estar muy ocupada escribiendo en su cuaderno, y dejó que el cabello le cubriera la cara. No podía soportar la idea de que todo el mundo la estuviera mirando.

—Las elecciones fueron muy reñidas —dijo la directora—. Así que todos deben sentirse orgullosos de su trabajo.

"Por favor, que acabe esta tortura", se dijo Abby.

Los adultos siempre pensaban que era buena educación decir ese tipo de cosas, pero no hacía que los perdedores se sintieran mejor.

—Primero, los representantes de la clase de séptimo —dijo la directora—. ¡Felicidades a nuestra nueva tesorera, Abby Waterman!

Abby levantó la cabeza bruscamente.

"¡Esa soy yo! —pensó—. No puede ser cierto. ¡Se suponía que iba a perder! Habrán contado mal los votos. O la directora ha leído el nombre equivocado".

La directora estaba anunciando el resto de los representantes de séptimo, pero Abby no oyó lo que decía. Se sentó, anonadada, mientras sus compañeros se acercaban para darle palmaditas en el hombro y felicitarla. Al mirar sus sonrientes caras, empezó a darse cuenta de lo que había pasado. ¡Había ganado, a pesar de lo que le había dicho su horóscopo!

De repente, sintió una ola de alegría. Quería ver a Chelsea y al resto de sus amigos. Y a Marcus también. Todavía se sentía culpable por lo que había pasado el día anterior. Pero esta era la excusa perfecta para hablar con él. Después de todo, él la había ayudado a dar su discurso. ¡Si alguien se alegraba de que hubiera ganado, tenía que ser Marcus!

En cuanto sonó el timbre, Abby tomó sus libros y se dirigió a la puerta.

—Oye, Abby —dijo un chico llamado Phillip—. Solo quería decirte que ayer voté por ti.

—Gracias, Phillip —dijo Abby sonriendo.

—Sí, pero ojalá no lo hubiera hecho —siguió diciendo, sin devolverle la sonrisa—. He oído que le dijiste a Marcus que no ibas a ir al baile con él para ir con uno de séptimo.

—¿Qué? —dijo Abby, petrificada—. Eso no es lo que ha pasado...

—Has hecho una cosa muy fea —dijo Phillip moviendo la cabeza y alejándose—. La gente como tú no merece ganar.

Abby no se movió de su sitio. Era como si le acabaran de pegar un puñetazo en el estómago. ¡Algo había salido muy mal por alguna razón!

Cuando llegó a su casillero, Chelsea la estaba esperando con una sonrisa de oreja a oreja.

—¡Hurra! —gritó y la abrazó—. Felicidades. ¡Es fabuloso, Abby!

Pero Abby no se sentía fabulosa. Las palabras de Phillip resonaban en su mente: "La gente como tú no se merece ganar". ¿Sabrían más chicos lo que había pasado con Marcus? ¿Y pensarían lo mismo de ella?

—¿Qué te pasa? —preguntó Chelsea.

Abby se tragó el nudo que tenía en la garganta y le contó a Chelsea lo que le había dicho Phillip.

—¿Phillip? ¿Quieres decir Phillip Moore? —dijo Chelsea, sacudiendo la mano como si se estuviera quitando una mosca de la cara—. ¡No es más que un sabelotodo, Abby! ¿A quién le importa lo que opine?

—Es que votó por mí —dijo Abby—. Y ahora piensa que soy muy mala persona.

Chelsea puso las manos en los hombros de Abby y los sacudió suavemente, como si estuviera tratando de despertarla.

—No tenías otra opción —dijo firmemente—. Ninguna chica en su sano juicio elegiría a Marcus el imbécil en vez de a Matt Anderson.

—Gruber —dijo Abby—. Se llama Marcus Gruber.

—Veo algo que te va a alegrar —dijo Chelsea, y volteó a Abby—. ¡Mira, Matt viene a felicitarte!

En efecto. Matt se acercaba por el pasillo, dirigiéndose directamente hacia ellas.

—Hola, Abby —dijo—. He oído que nos invitaste al baile a Marcus Gruber y a mí.

—¿En serio? —dijo Abby, tragando saliva.

Chelsea, que estaba a su lado, se quedó petrificada.

—De verdad, vaya tontería —dijo Matt—. Nos has faltado al respeto a los dos. Ya no quiero ir al baile contigo. Solo vine a decírtelo—. Encogió los hombros y se marchó.

Abby se quedó mirándolo estupefacta.

—Nunca me había dicho tantas palabras en una misma frase —dijo Abby.

—¡Esto no puede estar pasando! —gritó Chelsea—. Ve por él. Dile que todo ha sido un gran malentendido.

—¿Y qué voy a arreglar con eso? —preguntó Abby. Se sentía estúpida, pero también estaba aliviada, por extraño que le pareciera—. Es obvio que no quiere ir conmigo.

En ese momento se dio cuenta de que ella

tampoco quería ir con él.

—¡El baile es mañana! —dijo Chelsea.

—¿Y a quién le importa el estúpido baile? —gritó—. Estoy más que harta de oír hablar del baile. ¡No hablas de otra cosa, Chelsea! ¡Te comportas como si fuera lo más importante del mundo!

—He invertido mucho tiempo y trabajo en esto —dijo Chelsea—. Lo he planeado todo hasta el último detalle. ¡Y ahora tú lo estás arruinando!

Chelsea se dio la vuelta molesta y se marchó.

Los chicos de los casilleros de al lado las miraron. Abby fingió que estaba muy ocupada sacando los libros de su casillero. Vio que el teléfono brillaba. Le había llegado otro mensaje.

Sabía que era de Doña Astrid. Pero no tenía ganas de leer su horóscopo. Se imaginaba lo que le iba a decir: "Libra, quédate en la cama. Hoy nada te va a salir bien".

De todas formas, abrió la tapa del teléfono.

TU HORÓSCOPO DIARIO, POR DOÑA ASTRID

LIBRA: HOY VAS A SER UNA SUPERESTRELLA: BRILLARÁS, HAGAS LO QUE HAGAS. HOY ES UNA GRAN DÍA PARA FOMENTAR LA AMISTAD Y EL ROMANCE. TODOS QUERRÁN ENVOLVERSE EN TU HALO DE BUENA ENERGÍA.

"¿Cómo?" —pensó Abby.

Revisó la fecha y el signo del zodíaco, pero estaban bien. No tenía ningún sentido. ¿Cómo era posible que dijera que tendría un día maravilloso justo cuando estaba viviendo uno de los peores días de su vida?

Abby le dio vueltas al mensaje que había recibido durante el resto de la mañana, y seguía llegando a la misma conclusión: ¿Y si el horóscopo se había equivocado?. Y, de haberse equivocado hoy, ¿querría decir que también se había equivocado los demás días?

Abby no quiso ir a la cafetería durante el almuerzo. Encontró un rincón tranquilo en la biblioteca y sacó el teléfono. Empezó a revisar los mensajes para leer los horóscopos de la semana anterior.

HOY ES EL DÍA PARA DARLE UNA OPORTUNIDAD A ALGUIEN NUEVO. PODRÍA SER EL COMIENZO DE UNA MARAVILLOSA RELACIÓN.

Era el horóscopo que recibió el día que le pidió a Matt que fuera con ella al baile.

—Te equivocaste de pleno —dijo Abby en voz baja. Su relación con Matt no había llegado a ninguna parte.

Aunque ella no le había pedido a Matt que fueran al baile juntos. Se dio cuenta de que se lo había pedido a Marcus. ¿Sería posible que el horóscopo le hubiera estado tratando de decir que empezara una relación con Marcus?

Abby pasó al horóscopo del viernes, el día de la carrera.

NO TE DISTRAIGAS. UN SOLO DETALLE QUE SE TE ESCAPE, POR PEQUEÑO QUE SEA, SE PODRÍA CONVERTIR EN UN AUTÉNTICO DESASTRE.

Había dado en el clavo de tal manera que le entraron escalofríos. Siguió mirando los horóscopos. Algunos eran como un espejo de su vida real. Otros estaban completamente equivocados o tenía que interpretarlos muy metafóricamente para que tuvieran sentido. Abby empezó a preguntarse si el horóscopo reflejaba su vida o si ella había estado cambiando su vida para que reflejara lo que decía el horóscopo.

Por último, leyó el horóscopo del día anterior.

SI NO TIENES CUIDADO, PODRÍAS PERDER ALGO QUE ES MUY IMPORTANTE PARA TI.

Este estaba complicado. No había perdido las elecciones pero había perdido muchas cosas: a Matt, a Chelsea, su cita para el baile, el respeto de algunos compañeros de clase (quizá todos).

Así que el horóscopo se había equivocado. Pero también había dicho la verdad.

Abby guardó su teléfono. Ya no sabía qué pensar de los horóscopos. No sabía si eran un puñado de mentiras o si decían la verdad. No sabía si decían la verdad unas veces sí y otras no, o si solo tenían sentido si los interpretabas bien.

Menudo desastre. Aunque, cuanto más lo pensaba, lo que más le dolía de todo era haber herido a Marcus. Había sido, a su manera, un verdadero amigo. Y ella lo había decepcionado.

De repente, por primera vez en toda la semana, sabía exactamente qué era lo que tenía que hacer. Tenía que encontrar la forma de arreglar las cosas con Marcus.

Lamentablemente, darse cuenta de lo que tenía que hacer era mucho más fácil que hacerlo. Pasó la tarde buscando a Marcus por los pasillos, pero, cada vez que lo veía, él agachaba la cabeza y se marchaba en otra dirección.

Por fin, después de las clases, logró atraparlo junto a su casillero. Marcus estaba metiendo los libros en su mochila, así que no la vio hasta que ella estuvo a su lado.

—Marcus —dijo Abby—, escucha, yo...

—No te molestes, Abby —dijo Marcus—. No me interesa—. Agarró su mochila, cerró el casillero de un portazo y empezó a caminar.

Pero, con la prisa, se le había olvidado cerrar la mochila. Al colgársela al hombro se abrió, y los libros, los lapiceros, un plátano magullado y muchas cosas más se desparramaron por el suelo del pasillo.

—Deja que te ayude —dijo Abby, agachándose y recogiendo un estuche de DVD.

—Déjalo —dijo Marcus, furioso, haciéndola a un lado. Pero antes de poder recoger el DVD, otra mano lo recogió.

—¿Esto es tuyo, Marcus? —dijo un chico llamado Chad, sacudiendo el estuche delante de la cara de Marcus.

Abby abrió los ojos de par en par cuando vio la portada. ¡Era *La lista de besos,* la película de la que ella y Marcus habían hablado en Electromanía!

—¡Oigan, chicos! ¡No se lo pierdan! A Marcus le gustan las películas bobas de chicas! —dijo Chad a un par de chicos que estaban en el pasillo.

Marcus trató de quitársela a Chad de las manos, pero Chad se la lanzó a otro chico como si fuera un Frisbee. El chico la agarró y la sacudió en frente de Marcus, burlándose.

—Ya basta —dijo Marcus. Se le había puesto la cara como un tomate.

Los chicos siguieron lanzándose la película por encima de la cabeza de Marcus. En el pasillo, otros chicos los miraban y se reían. Abby no podía creer lo que estaba pasando. Quería arreglar las cosas con Marcus, ¡y la cosa se ponía cada vez peor!

Chad volvió a atrapar el DVD y Abby se plantó delante de él.

—Ese es mi DVD —le dijo bruscamente—. Y como lo estropees, lo vas a tener que pagar.

—¿Ah, sí? —dijo Chad, con el DVD en la mano y el brazo levantado, fuera del alcance de Abby—. ¿Y qué hace Marcus con tu película?

—Se la presté a su hermana —dijo Abby—. Marcus solo me la estaba devolviendo.

Chad dudó un momento, con el brazo en alto todavía. Sabía que se le estaba desmoronando la broma, pero aún no quería darse por vencido.

—¿Y cómo es que conoces a la hermana de Marcus? ¿Acaso es tu novio? —dijo con aire despectivo.

—Eso no es asunto tuyo —dijo Abby—. Devuélveme la película. Mi tío es policía, y como no la devuelvas ahora mismo, haré que te detenga por robo—. ¡Otra mentira! El tío de Abby era agente de seguros, pero Chad, por supuesto, no tenía ni idea.

—Está bien. Toma tu estúpido DVD —dijo Chad, dándoselo de mala manera—. No tienes que montar un espectáculo.

Abby ni se molestó en responder. Se volteó hacia Marcus con la película en la mano.

—Gracias por devolvérmela.

—Eh... claro —farfulló Marcus.

Abby se echó el pelo hacia un lado y se marchó con el DVD en la mano. Dio la vuelta a la esquina, salió de la escuela y esperó.

Unos minutos más tarde apareció Marcus, con su mochila al hombro.

—Toma —dijo Abby, y le dio el DVD.

Marcus miró el DVD un momento y lo tomó.

—Escúchame, Marcus —dijo Abby—, solo quería decirte que lo siento mucho. Nunca fue mi intención herir tus sentimientos.

Marcus no dijo nada. Se descolgó la mochila, guardó el DVD y volvió a cerrarla.

—Nos vemos, Abby —dijo, y se marchó.

* *Capítulo once* *

Al día siguiente, Chelsea seguía sin dirigirle la palabra. A la hora del almuerzo, como no sabía con quién sentarse, Abby se sentó en la mesa de siempre. Chelsea la ignoró por completo y pasó todo el tiempo hablando con Sara y Toshi del baile.

Abby comió en silencio. Se sentía tan sola como cuando llegó a la escuela. Le gustaría haber ido a la biblioteca pero no podía dejar de almorzar porque la carrera era esa misma tarde y sabía que no tendría ninguna posibilidad de ganar si no comía.

"Si es que participo", se dijo. El horóscopo no le había dado muchos ánimos esa mañana.

LIBRA: A VECES NO SE PUEDE GANAR. EN VEZ DE DEPRIMIRTE POR PERDER UNA BATALLA, DEBES REFLEXIONAR Y PREGUNTARTE SI DEBES LUCHAR O NO.

Solo unos días antes, Abby habría estado convencida de que iba a perder la carrera. Habría ido directamente al entrenador Nelson con alguna excusa para no participar.

Ahora, sin embargo, Abby no estaba tàn segura. Puede que el horóscopo se refiriera a la carrera, pero quizá se refería a otra cosa. A lo mejor significaba que tenía que sentarse en otra mesa en la cafetería. O quizá le estaba diciendo que se diera por vencida con Marcus.

Esa mañana, en la clase de la Srta. Hill, Abby le había sonreído a Marcus de oreja a oreja, pero él había mirado a otra parte, como si Abby no existiera.

Chelsea, en frente de ella, seguía hablando sin parar del color de esmalte de uñas que iba a llevar esa noche. Abby suspiró.

Se sentía como si estuviera en medio de muchas batallas perdidas.

"Pero si no participo en la carrera —pensó—, no tengo ninguna posibilidad de ganar. Además, decepcionaría a todo el equipo, eso está claro. Aún tengo una oportunidad, por minúscula que sea".

¿Qué era mejor? ¿Participar o no participar? En este caso, Abby decidió que tenía que llevarle la contraria a las estrellas.

Después de todo, ¿qué más podía perder?

El sol de la tarde se reflejaba en la pista que estaba detrás de la escuela McKinley. Hacía bastante calor para esa época del año. Parecía agosto, en vez de mayo, y entre carrera y carrera, todo el mundo bebía agua para refrescarse.

Abby estaba a un lado de la pista, tomando sorbitos de agua. Ya había corrido los 100 metros, y había llegado de segunda.

"No gané —se dijo—, pero tampoco lo he hecho tan mal".

De todas formas, la carrera de 100 metros no era la que más le preocupaba. Era la de relevos.

Dejó la botella de agua en el suelo y se agachó para comprobar, por enésima vez, que los tenis estuvieran bien atados. Los dos tenían el nudo doble. Esta vez no iba a correr ningún riesgo.

Estaba a punto de levantarse cuando vio un par de tenis delante de ella. Miró hacia arriba. Krista la miraba con desprecio.

—¿Te vas a atar los tenis bien esta vez o necesitas que alguien te ayude? —preguntó con voz de niña pequeña.

Abby abrió la boca para responder, pero no dijo nada. Recordó lo que había leído en el horóscopo: Debes reflexionar y preguntarte si debes luchar o no. Negó con la cabeza.

"Esta vez, hay que luchar", se dijo.

Se levantó y se puso tan cerca de Krista que sus narices casi se tocaban.

—¿Sabes qué? —dijo Abby, tratando de mantener la calma—. Si pusieras tanta energía en la carrera como la pones en insultarme, mejorarías tus marcas.

Krista resopló, y el rostro se le tensó mientras pensaba en una respuesta adecuada. Entonces, con un golpe de cola de caballo, se dio la vuelta y se marchó.

—Caramba, Abby. Bien hecho. Le has pagado con su propia medicina —dijo Suz, que había visto lo que había pasado.

A Abby le temblaban las rodillas. No podía creer que por fin se hubiera enfrentado a Krista.

—¿No crees que me pasé un poco? —preguntó.

—Lo tiene bien merecido —dijo Olu, que también lo había visto—. Y, de todas formas, tienes razón. Tiene que concentrarse en sus cosas y dejarte en paz de una vez.

—Espero que no busque venganza —dijo Abby.

—Bueno —dijo Olu, cruzándose de brazos y mirando a Krista, que estaba dándose un masaje en las pantorrillas—. Si Krista es inteligente, se vengará corriendo.

Abby asintió. No obstante, Krista no era lo único que la preocupaba. Se sentía como si estuviera tentando al destino. ¿Y si se la devolvía haciendo que perdiera la carrera?

Cuando llegó la hora de los relevos, Abby estaba tan nerviosa que creía que se iba a desmayar.

"A veces no se puede ganar" —pensó, repitiendo mentalmente lo que había dicho el horóscopo.

Luego, de camino a su posición en la pista, se dijo que debía concentrarse solamente en la línea de meta.

Dieron el pistoletazo de salida, y las atletas empezaron a correr. Krista se puso a la cabeza al instante, pero dos de las chicas de la escuela rival, Washington, eran muy rápidas. Al llegar a la primera entrega, las tres estaban a su misma altura.

Olu trató de ganar el primer puesto de nuevo, pero las otras dos chicas eran tan altas que parecían mayores. Cuando le entregó el testigo a Suz, el equipo iba atrasándose cada vez más.

—Vamos, Suz —susurró Abby, mirando a su compañera de equipo con los puños cerrados.

Cuando Suz llegó a la zona de la entrega, Abby se dio la vuelta y empezó a correr. Unos segundos después, sintió el testigo en la mano.

Abby no quiso pensar. Cambió de marcha, como un auto. Una de las chicas de Washington estaba delante de ella. Abby sacó todas sus fuerzas para acercarse a la chica.

Se acercaba... la tenía...

Abby la sobrepasó justo cuando llegaban a la meta.

Estaba tan cerca, que Abby no estaba segura de que había ganado hasta que oyó al comentarista decir "McKinley". Se volvió y vio al entrenador Nelson con la boca abierta.

—¡Bien, Abby! —dijo.

Los demás alumnos de McKinley también gritaban. Abby vio a Olu y a Suz a un lado de la pista, con los puños en el aire. Hasta Krista estaba sonriendo.

Abby sonrió también. ¡Lo había conseguido! Quizá su suerte empezaba a cambiar...

O quizá...

Quizá no tenía nada que ver con la suerte.

Abby caminaba, dejando la pista, cuando oyó una voz muy familiar.

—¡Bien hecho, Abby!

Alzó la cara y vio a Marcus, con las manos en la boca a modo de amplificador.

¿Marcus había venido a verla?

Abby lo saludó.

Marcus dudó un segundo y luego le devolvió el saludo.

Cuando acabó la carrera, Abby vio a Marcus salir de las gradas.

—Hola —le dijo—. Qué bueno que vinieras a la carrera.

—Ah —dijo Marcus. Parecía un poco avergonzado—. Ya sabes, tengo muchos amigos en el equipo de atletismo.

—¿De verdad? —preguntó Abby.

—La verdad es que no —dijo Marcus—. Felicidades, por cierto.

—Gracias.

El resto del equipo se marchaba. Olu se acercó. Iba tomada de la mano de David, su novio.

—Buena carrera —dijo David al pasar por su lado.

—¡Nos vemos esta noche en el baile, Gacela! —dijo Olu por encima del hombro.

Al recordar el baile, el entusiasmo por la victoria en la carrera desapareció. Todo el mundo estaría allí, celebrándolo. Y ella se quedaría en casa, sola.

—Supongo que tienes que prepararte para el baile —dijo Marcus.

—No voy a ir —dijo Abby.

—¿En serio? —dijo Marcus—. ¿Y qué hay de Matt?

—Eso no fue más que... —empezó a decir Abby, pero se calló. ¿Cómo iba a explicárselo?—. Fue un malentendido. Era lo que pensaba que tenía que hacer, pero no lo que debía hacer.

—Ah —dijo Marcus, asintiendo, como si lo hubiera entendido, aunque, claramente, ese no era el caso.

De repente, Abby tuvo una idea.

—Marcus —dijo con voz temblorosa—. ¿Te gustaría ir al baile conmigo?

Marcus frunció el ceño, como si Abby le estuviera gastando una broma.

—Solo como amigos —djo Abby rápidamente—. Podemos ir juntos y pasar el rato.

—¿Me lo estás pidiendo de verdad esta vez? —preguntó Marcus, entrecerrando los ojos.

—Sí —dijo Abby sonriendo.

—Está bien —dijo Marcus—. Entonces, sí. Iré al baile contigo.

"No puedo creer que vaya a ir al baile con Marcus —pensó Abby—. A Chelsea le va a dar un ataque. Pero, por extraño que parezca, no me importa".

—Estupendo. Te recogeré a las ocho —dijo Abby—. Mándame un mensaje de texto con tu dirección. No, espera. Pensándolo mejor, nada de mensajes de texto. Te llamo cuando llegue a casa.

—Hecho —dijo Marcus—. Hasta luego.

* *Capítulo doce* *

La cafetería de la escuela McKinley estaba oscura como una cueva. Alrededor del salón había luces de colores, y la música resonaba en los altavoces. En el medio del salón había un grupo de chicos bailando. Cuando Abby entrecerró los ojos, le pareció ver un club nocturno o, por lo menos, lo que ella se imaginaba que era un club nocturno.

—Le han dado un buen cambio de imagen a la cafetería —dijo Abby.

—Sí, imagínate cómo sería almorzar aquí todos los días —dijo Marcus—. Sería genial.

—Excepto que no habría mesas. Así que tendríamos que comer y bailar a la vez.

—Eso no sería un problema.

Abby se rió, acordándose del día de las tartaletas de camarones y del de los ositos de goma.

Nada más llegar, vieron a Suz y a Olu de pie con David y la pareja de Suz, un chico alto con el pelo rizado llamado Rafe.

—¡Aquí está nuestra chica! —dijo Suz abrazando a Abby—. Abby fue una auténtica estrella hoy en la carrera. ¡Logró que nuestro equipo ganara!

—¡Bien hecho! —dijo Rafe.

—¡Abby, qué vestido tan bonito! —exclamó Olu—. ¿Dónde lo compraste?

—En Blue Beat —dijo Abby.

Ese mismo día, después de la carrera, Abby y su mamá habían hecho un viaje de emergencia al centro comercial, y Abby había comprado el vestido azul que había visto la semana anterior. Se lo puso con unos zapatos de tacón bajo y un par de aretes dorados que le había prestado su mamá. Llevaba el pelo suelto, que le caía por la espalda, y solo un toque de brillo en los labios.

De todas formas, la preocupaba no haberse arreglado lo suficiente, pero ahora, al ver a los demás, vio que había todo tipo de estilos. Algunas chicas llevaban vestidos de noche, otras simplemente una falda con una camiseta o una blusa, y algunos chicos hasta habían venido en pantalones cortos y camisa. Parecía que cualquier tipo de ropa era adecuada. Por una vez, Chelsea se había equivocado.

Marcus se inclinó hacia Abby.

—Voy a saludar a algunos chicos. Vuelvo en un minuto.

Al alejarse, las otras dos chicas miraron a Abby.

—¿Él es tu cita? Pensaba que ibas a venir con Matt Anderson.

—No funcionó —dijo Abby.

—Me parece muy bien —dijo Olu—. Matt es agradable y eso, pero un poco bobo. ¿Te has dado cuenta de que nunca dice más de una palabra en una frase?

—Sí, me he dado cuenta —dijo Abby riéndose.

—Es bastante guapo —dijo Suz mientras miraba a Marcus.

—¿De veras? —Abby no lo había pensado—. Solo somos amigos.

—Rafe y yo solo somos amigos también —dijo Suz—. Y eso está muy bien. Una no siente las presiones de una relación.

—Sí —dijo Abby—. Sé exactamente a lo que te refieres.

—¡Me encanta esta canción! —exclamó Olu, tomando a David de la mano y llevándolo a la pista de baile—. ¡Nos vemos luego, Gacela!

Mientras las chicas se marchaban con sus parejas, Abby miró alrededor. Vio a Chelsea de pie, apoyada en la pared y con los brazos cruzados. Llevaba su vestido verde esmeralda y sus brillantes rizos le caían en cascada por los hombros. Miraba a la pista de baile sin ninguna expresión en el rostro.

Abby vio a Nathan a unos metros de ella. Estaba de pie con un grupo de alumnos de séptimo, señalando a la gente de la pista de baile y riéndose.

—¡Ven, Abby! —exclamó Marcus, tomándola de la mano y halándola hasta donde estaba la gente bailando.

Marcus tenía su propio estilo de baile, que incluía fingir que tocaba la guitarra. Abby se acercó un poco a él, tratando de bailar con gracia. Pero a Marcus no parecía importarle cómo bailaba Abby. Obviamente, lo estaba pasando genial. Al final, Abby acabó agitando los brazos y haciendo payasadas como él.

—¡Estupendo! —dijo Marcus, mientras Abby bailaba a lo egipcio, doblando los brazos y estirando el cuello.

—¡Tú tampoco lo haces nada mal! —gritó Abby por encima de la música.

Marcus tomó lo dicho por Abby como una señal e intentó hacer *breakdancing*, dando vueltas en el suelo sobre la espalda y con las piernas en alto. Ni siquiera logró dar una vuelta completa. Abby se dobló de la risa.

En ese momento, vio a Chelsea caminando hacia ella. Tenía cara de pocos amigos.

"Ay, madre mía —pensó Abby—. Ahora sí que me la voy a ganar".

Chelsea tomó a Abby del brazo.

—¿Puedo hablar contigo un momento, por favor? —le susurró al oído.

Abby asintió de mala gana, y las dos chicas salieron de la pista.

En cuanto se alejaron de la multitud, Abby levantó la mano.

—Chelsea, no me digas nada —dijo—. Sí, he venido al baile con Marcús. ¿Y qué? La verdad es que es un tipo muy lindo...

Se calló. Chelsea estaba llorando.

—¿Qué te pasa? —preguntó Abby.

—Nathan —dijo Chelsea, secándose los ojos—. Se está portando como un auténtico estúpido. Apenas me ha dirigido la palabra desde que llegamos. Lo único que le importa es estar con sus amigos.

—Ay —dijo Abby abrazando a su amiga—, lo siento. Sé que estabas muy ilusionada con el baile.

Chelsea sacudió la cabeza y las lágrimas corrieron por sus mejillas.

—Tenías razón. Me dejé llevar demasiado por todo esto del baile. Mira —dijo, con amargura—, todavía tengo la estúpida flor para la solapa. —Alzó una rosa blanca que empezaba a marchitarse—. Dijo que no se la pondría ni aunque lo amenazaran de muerte.

Abby tomó la rosa, le quitó el alfiler y se la colocó en el pelo a Chelsea.

—Ya. Mira qué guapa estás.

Chelsea se sorbió la nariz y sonrió un poco.

—Perdona que te gritara —dijo Chelsea.

—Perdóname tú también —dijo Abby—. Todo lo de Matt... es solo que... No estoy segura de querer tener un novio todavía, Chelsea.

—Lo sé —dijo Chelsea, secándose las lágrimas de nuevo—. Creo que yo tampoco. Así que... ¿te importa si bailo con ustedes? ¿Contigo y con Marcus?

—¡Claro que no! —dijo Abby—. ¡Vamos!

De vuelta en la pista, un grupo de chicos había formado un círculo alrededor de Marcus.

—¡Dale, Marcus! ¡Dale, Marcus! —decían.

Marcus, en el centro de la pista, se movía como un maníaco.

Abby y Chelsea se unieron al círculo y empezaron a aplaudir también. Marcus dejó de bailar un segundo para saludar a Abby con los pulgares hacia arriba.

Abby sonrió. Luego miró a Chelsea, que le sonrió también.

—¡Dale, Marcus! —gritaron las dos a la vez—. ¡Dale, Marcus!